KB268575

사람들은 내게
웃는 모습이 예쁘다고 한다

사람들은 내게 웃는 모습이 예쁘다고 한다

초 판 1쇄 2026년 02월 27일

지은이 김미예
펴낸이 류종렬

펴낸곳 미다스북스
본부장 임종익
편집장 이다경, 김가영
디자인 윤영빈, 임인영, 윤가희
책임진행 송가희, 김은진, 안채원, 이예나, 국소리, 이지영

등록 2001년 3월 21일 제2001-000040호
주소 서울시 마포구 양화로 133 서교타워 711호, 808호
전화 02) 322-7802~3
팩스 02) 6007-1845
블로그 http://blog.naver.com/midasbooks
전자주소 midasbooks@hanmail.net
페이스북 https://www.facebook.com/midasbooks425
인스타그램 https://www.instagram.com/midasbooks

© 김미예, 미다스북스 2026, *Printed in Korea*.

ISBN 979-11-7355-733-0 (03810)

값 18,500원

미다스북스는 다음세대에게 필요한 지혜와 교양을 생각합니다.

사람들은 내게
웃는 모습이
예쁘다고 한다

김미예 지음

미다스북스

내 인생에서는 주연 배우입니다

사랑을 시작했습니다. 20대, 30대에도 하지 못한 사랑을. 40대는 저질러 놓은 일 수습하느라 앞도 뒤도 돌아볼 여유가 없었습니다. 인생 시계 5시를 가리키는 50대에 '쿵' 하고 찾아왔습니다. 작고 초라해서 내 이야기가 다른 사람에게 도움이 될 수 있을지 두려웠습니다. "어떻게 써야 할까?", "어떻게 세상에 닿을 수 있을까?" 막연했기든요. 그럼에도 불구하고 세상에 내놓은 이유는, 불평하던 50대 아줌마의 일상이 누군가에게는 위로와 공감, 혹은 피식 웃게 만들 수도 있겠다는 생각에서였습니다. 모든 게 낯설기도 하고 설레기도 하고. 나도 모르게 얼굴이 발그레해지기도 하는 지금을 기록으로 남기고 싶었습니다.

밤 10시 30분에 잠을 청합니다. 아침 6시 50분에 눈을 뜹니다. 잠자기 전 꼭 하는 말이 있습니다.

"미예! 잘 자! 내가 미예 많이 아껴. 사랑해. 내일 아침에 봐!"

"너 자꾸 엄마 이름 함부로 부를래? 혼난다?"

올해 초등학교 6학년이 되는 셋째 딸 지효의 일상입니다. 스스로 한 약속을 엄마인 나보다 더 잘 지킵니다. 아침에 일어나면 나를 깨웁니다. 얼굴 가까이에 대고 말합니다.

"내가 많이 아껴. 김미예 너무 예뻐. 이제 일어나!" 딸이 더 어른스럽습니다. 새벽까지 작업하다가 잠을 청한 지 얼마 되지 않았거든요. 불규칙적으로 생활하는 엄마와 다르지요.

일에 파묻혀 사느라 내게 생각할 거리를 던져 주는 막내딸이 이렇게나 컸는지 알지 못했습니다. 돌아보니 훌쩍 커버린 딸. 찰나의 순간을 모두 놓치고 있는 건 아닌지 문득 겁이 났습니다. 기록하지 않아 내 삶이든 내 아이의 지금을 기억하지 못하면 어쩌나. 미안한 생각 들었습니다. 오십이 넘고 보니 시간이 아깝습니다. 왠지 조바심이 났습니다. 아직 하지 못한 일이 많은데, 해 보고 싶은 일도 있는데. 이대로 생을 마감할 수도 있겠다는 생각이 자꾸 드는 거예요. 문득 스치는 생각, 오늘 하루 있었던 일, 보고 싶은 사람, 보고 싶을 때 아무 거리낌 없이 만날 수 있는 여유, 부대끼면서 느끼는 감정들 모두를 기록으로 남긴다면 떠날 때 조금은 덜 아쉬울

　　사람들은 내게 웃는 모습이 예쁘다고 한다

거란 생각 들었습니다.

군이 변명과 핑계를 대자면요. 처음엔 거창한 철학이 아니라, 그저 대박을 꿈꾸는 욕심으로 펜을 들었습니다. [자이언트 북 컨설팅] 이은대 작가의 강의를 5년 넘게 들었습니다. 나 같은 사람이 글을 쓰면 안 될 것 같아 주저했습니다. 부끄러웠습니다.

그럼에도 지금 이 글을 쓰는 이유는, 누군가를 돕기 위함입니다. 과연 내가 어떤 사람들을 도울 수 있을까요. 시작하지 못하는 사람들, 타인을 원망하는 사람들, 불평불만 있는 사람들, 멈추지 못한 채 질주하는 사람들, 자신을 '두려움'이라는 감옥에 가둔 사람들, 그들에게 꼭 전해주고 싶습니다. 시작할 수 있다고. 다시 일어설 수 있다고. 나와 같이 한번 해 보자는 동기부여. 네, 맞습니다. 그런 진심을 담아내려고 노력한 것이지요.

한 권의 책으로 내 삶을 다 표현하려니 처음엔 어떻게 써야 할지 막막했습니다. 특별하게 잘하는 것도 없고, 그렇다고 표현을 잘하는 것도 아니고 '이래서 내 이야기를 풀어낼 수 있을까.' 하며 썼다 지웠다를 수십 번도 더 했습니다. 욕심을 부린 거지요. 진하게 했던 화장을 클렌징 티슈로 닦아냈습니다. 나답게 다시 정돈했습니다. 이게 나인데 다른 사람의 모습으로 쓸 수는 없지요. 실수투성이, 우왕좌왕 좌충우돌, 불평불만 때문에 다른 사람이 아닌 나 자신이 힘들었던 시간, 아이를 돈으로 키우려고 했던 철없는 엄마까지 이 글을 쓰면서 반성도 많이 했습니다. 고친다고 했지만 잘 고쳐지지는 않았습니다. 아이들과 주변 환경을 대하면서 원석이 깨지고 다듬어지듯이 내 마음도 둥글둥글해지고 있다는 작은 변화 하나로 그저 '감사합니다.'라고 위안 삼으면서 집필했습니다. 얼마나 다행인가요. 이런 사람도 글을 써서 책으로 세상에 남길 수 있으니까요.

쓰고 싶을 때 마음껏 쓰고, 쓰고 싶지 않을 때는 세 줄만 써도 된다고 말한 이은대 작가 덕분에 완성할 수 있었습니다.

내 이야기는 이렇게 구분되어 있습니다. 총 다섯 개의 장으로 나눴습니다. 첫 번째 장은 '꿈같은 소리 하네'로 저자인 내가 사는 게 힘이 들어 불평불만을 쏟아냈던 지난날에 대해 징징거리면서도 인생 어떻게 한 방으로 다시 일어설 수 있지 않

     사람들은 내게 웃는 모습이 예쁘다고 한다

을까 헛된 희망을 품었다가 반성하는 이야기이고요. 두 번째 장은 '내 삶은 무슨 의미가 있을까' 아프고 오늘을 버티기 힘든데 살아서 무슨 의미가 있을까 푸념하면서도 밥 먹고 힘내서 다시 한 걸음부터 시작하면 인생은 아직 살만하고 꽤 괜찮다는 것을 알려 주고 싶었습니다. 세 번째 장은 '인생, 달라질 수 있다면' 달라지기 위해 강의도 듣고, 인생의 멘토도 만납니다. 대수롭지 않은 날에도 쓰는 삶을 만나 후회보다는 긍정적인 생각을 하게 되었고, 문장 하나에 내 삶을 반추해 보는 시간을 가졌습니다. 네 번째 장은 '작은 오늘이 행복하기까지'라는 주제로 인생에서 당연한 건 없기에 오늘을, 지금을 기록하고 삶으로 살아내면서 '행복'이라는 단어를 꺼내 봅니다. 아니 '불행'하지 않은 삶이 진짜 행복이라는 명제를 살짝 드러냅니다. 마지막으로 다섯 번째 장에서는 '한 걸음씩 만들어가는 삶이야' 사랑도 행복도 시간과 노력, 연습이 필요하고 내가 내딛는 하루하루를 어떻게 채우느냐에 따라 내 삶에 의미와 가치가 있습니다. 돌아보니 삶 곳곳에 아린 때도 있었고, 기쁘고 행복했던 순간도 많았습니다. 그 순간을 잡지 못했습니다. 이제부터라도 순간을 기록으로 남기려 합니다.

‘오십’이란 숫자는 내 인생에서 오지 않을 거라고 생각했어요. 정작 오십을 3년째 살아냈습니다. 지금 이 자리에 살아 숨 쉬는 내가, 여러분이 대견하다 느껴집니다. 잘했든 못했든 아프고 힘든 순간, 어렵고 지옥 같았던 날들, 가끔은 괜찮다 할 만한 시간 다 거쳐 살아냈으니까요.

베란다 창문을 열었습니다. 찬바람이 훅 피부 깊숙이 파고듭니다. 한숨보다는 서로 지지고 볶고 하더라도 아깝지 않은 오늘을 만들어 내면 좋겠습니다. 오십에 이르고 보니, 살아온 날보다 앞으로 살아갈 날이 많지 않을 수도 있겠다는 생각이 들었습니다. 아쉬운 순간을 취소한으로 줄여야겠습니다. 하루하루 살기에 급급하기보다는 내 인생의 주연 배우가 되어 별처럼 빛나는 사람이 되었으면 좋겠습니다. 지금이 사랑하기에, 꿈을 펼쳐 이루기에, 성장하기에 좋은 날입니다. 베란다 창문을 통해 보이는 내가 다시 환하게 웃기 시작한, 참 좋은 날입니다.

2026년 1월 새벽에 작가 김미예

제 1장

꿈같은 소리 하네

오십이 되었을 때 마음에 지진이 일어났습니다. 눈을 뜨면 오늘은 또 어찌 버티나. '나는 열심히 사는데, 왜 이리 힘이 들까?' 그런 생각에 꼭꼭 숨겼던 가시가 고개를 들고 나를 못 살게 굴었습니다. 그러면서도 일어나 앞으로 나아가려 하지 않고 다른 사람을 '탓' 하고 불평하기에 바빴습니다.

"이제부턴 마늘을 직접 빻아서 먹어봐. 방부제 잔뜩 들어 있는 마늘 먹지 말고. 그거 믿을 수도 없고 비싸기만 하지."

퇴근길에 남편이 마늘 한 접을 어깨에 메고 현관문을 들어서면서 내뱉었습니다. 그때그때 다져 먹으라는 거였습니다. 순간 숨이 턱 막혔습니다. 마늘 한 접이면 보관하기도 어렵고 썩을 수도 있을 텐데 굳이 한꺼번에 사 와서 귀찮게 할까. 주방 앞에 아무렇게나 놓고 방으로 들어가는 남편의 뒤통수를 노려보며 속으로 투덜거렸습니다. 주방 한편을 차지하고 있는 마늘을 보니 앞으로 내 인생이 끝도 없는 숙제와 가시밭길로 뒤덮여 있는 듯하여 한숨이 절로 나왔습니다. 내가 집에서 노는 사람도 아니고 휴.

서울에서 살 때는 마늘을 직접 다진 적 없습니다. 어쩌다 제사 때 시댁에 가면 한두 번 다진 적은 있지만, 돈 주고 편하게 주문했습니다. 또는 마트에서 다진 마늘을 사 먹었습니다. 힘들게 다질 일이 없었지요.

씻고 나온 남편이 마늘 한 통만 까라고 하네요. 얇게 저미며 조금 달라고 말하며 내 엉덩이를 툭 치고 지나갔습니다. 마늘 때문에 골치 아파 죽겠는데 남편의 행동은 나를 더 자극했습니다. 눈치가 없는 건지. 나도 모르게 마늘을 보일러실에 놓으면서 문을 쾅 닫아버렸습니다. 수저와 젓가락도 탁탁 거칠게 내려놓았습니다.

"배고파. 빨리 밥 줘."

"뜸이 들어야지. 왜 그렇게 재촉이야." 퉁명스럽게 답했습니다.

평소 같으면 수고 많았어. 오빠! 피곤했지? 좀만 기다려 다

됐어. 지효가 어땠네. 지유는 종일 스마트폰으로 돈을 벌었네 라며 호들갑을 떨었을 테지만 오늘은 침묵했습니다. 뜸이 들어 압력솥 뚜껑을 열고 싱크대 턱 위에 댕그랑 소리가 나게 놓으며 솥뚜껑에 대고 괜스레 화풀이를 했습니다. '에잇 그리 배고프면 먹고 오지 왜 오자마자 재촉하고 난리야.' 옆에서 남편은 그걸 그렇게 하면 손 데지, 아이고 그리 조심성이 없나 한소리를 하더군요. 듣기 싫어 귀를 닫았습니다. 대접에 밥 한 공기 담아 상 위에 올려놓고 먹어. 한마디하고는 음식물 쓰레기를 버리러 나왔습니다.

서울 집은 쓰레기 버리는 곳도 가까운 데 이놈의 아파트는 음식물이며 쓰레기 집하장마저 멀었습니다. 모든 게 못마땅했습니다. 비닐봉지 틈새로 새어 나오는 역한 냄새가 내 처지 같아 코를 막았습니다. 엘리베이터 안 거울 속에는 음식물 국물을 여기저기 손에 묻힌 중년의 아줌마가 잔뜩 찡그린 채 서 있었습니다. 음식물을 쓰레기통에 버리고 비닐과 비닐장갑은 옆 통에 올려놓았습니다. 돌아오면서 단지 앞 벤치에 앉았습니다. 제법 선선한 바람이 불었습니다. 열이 오른 내 마음은 쉽게 가라앉지 않았습니다. 애꿎은 스마트폰만 만지작거렸습니다. 집에 들어가기 싫었거든요.

　　사람들은 내게 웃는 모습이 예쁘다고 한다

모든 걸 정리하고 남편이 있는 아산으로 내려왔을 때는 5년 주말 부부로 살았을 때의 아쉬움과 성인이 된 큰딸의 진로 문제, 아직 아빠의 손길이 필요한 중3이 된 둘째와 초등학교 5학년 막내까지. 그리고 남편의 짐을 덜어 주기 위해서였습니다. 이사 후 일주일도 채 되지 않았을 때, 언제부터 일할 거냐고 묻더군요. 순간 "사기꾼 아니야."라는 말이 튀어나왔습니다. 어떻게 한 달도 아니고 적응하고 있는데 일을 하라고 할 수 있냐며 따져 물었었지요. 남편은 혼자 벌어 어찌 사냐며, 또 집에서 놀면 뭐 하냐고 쉽게 늙는다며 취미 삼아 일하라는 뜻이었다고 에둘러 말하더군요. 어이가 없었습니다. 차 한 잔 옆에 놓고 글 쓰고 그림 그리며 살 수 있겠구나 생각했습니다. 환상이 깨져 버렸습니다.

"아산에 가면 집에서 쉬면서 하고 싶은 거 하고, 외조만 해줘. 내 소원은 그거 하나야." 분명히 자기 입으로 했던 말인데요. 단박에 뒤집어 버리는 거예요. 나는 또 입을 다물어 버렸습니다. 뻔한 거짓말에 속아 넘어간 내가 미친 거지. 주방 앞에 놓인 마늘. 흙이 군데군데 묻은 마늘을 하나하나 껍질을 벗겨내고 알맹이는 씻어서 다져야겠지요. 오십의 시작인 것만 같아 벌써 눈 주위가 매웠습니다. 에휴. 언제까지 이래야 하는지 가슴이 답답했습니다. 나도 모르게 불평불만이 터져 나왔습니다.

음식물을 버리고 들어왔는데요. 가관이었습니다. 먹은 밥상은 그대로 지저분하게 있었고, 방에서는 남편과 아이들이 깔깔대며 윷놀이를 하고 있었습니다. 주방에는 설거지가 잔뜩 쌓여 있었고요. 누구 하나 치우려는 사람도 없었습니다. 결국 설거지도 내 몫이었습니다. 나도 모르게 속에 있는 말이 튀어 나왔습니다. "이씨! 먹었으면 각자 먹은 거 정리하고 치워야지. 시시덕거리면 다야?"라며 툴툴거렸습니다. 그릇들끼리 부딪히는 소리가 요란했지요. 참다못한 남편이 한마디 하더군요. 걍 던지지 그려? 그래 가지고 그릇이 깨지겠어? 참나. 무슨 불만이 그렇게 많아. 억울하면 돈 벌어오던가. 내가 살림할 테니. 허탈했습니다. 지금 저 말은 나와 싸우자는 거지요. 아이들도 있고, 싸움이 커질 듯하여 입을 다물었습니다. 내가 심했나 싶어 그만두었습니다. 대신 속으로 씩씩거렸습니다.

애들과 남편한테는 불평불만 갖지 마라, 매사 감사한 마음으로 살아라, 스마트폰 많이 보지 마라. 등등 잔소리했습니

 사람들은 내게 웃는 모습이 예쁘다고 한다

다. 나도 참 어지간했습니다.

설거지통에 처박힌 그릇들의 비명 사이로 소설을 써 볼까 하는 묘한 충동이 일었습니다. 오래전 서랍 깊숙이 밀어 넣었던 노트 한 권과 아끼던 펜을 꺼냈습니다. 욕 노트였습니다. 빈 종이에 '이씨!'라고 적었습니다. 남편이 미울 때, 의견 충돌이 있을 때, 심하게 싸웠을 때 어쩌다 쓰던 노트였는데요. 아산에서의 내 오십이 남편 욕으로 물들지 않게 하려고 깊숙이 넣어 두었었습니다. 안되나 봅니다. 첫 마디에 남편을 향한 욕을 썼습니다. '이씨! 얻다 대고 지랄이야.'라고. 노트와 볼펜이 지진 난 내 마음을 다독여 주겠지요. 불쑥 내뱉은 욕이 노트에 기록한 첫 문장이었습니다.

어깨에 동그랗게 생긴 긴 통을 멨습니다. 오른손엔 네모난 가방을 들었고요. 키도 컸습니다. 남자아이가 내 앞을 쓱 지나갔습니다. 교실을 찾아가야 하는데 내 발은 남자아이를 쫓아가고 있었습니다. 열네 살, 중학교 1학년 교실은 이미 안중에도 없었습니다. 알고 싶었습니다. 긴 통과 네모난 가방. 나도 갖고 싶었거든요. 근사하고 당당해 보였습니다.

"있잖아! 너. 그거 뭐야?", '제발 뒤 좀 돌아봐라. 제발!' 남자아이가 뒤를 돌아보았습니다. 멀뚱히 나를 바라보기만 했습니다. 긴 통하고 네모난 거 뭐냐고. 다시 물었습니다.

"이거? 그림 그리는 도군데?"라며 걸음을 옮기기 시작했습니다. 내가 그거 어디 가면 살 수 있냐고 물었더니, 문방구라고 했습니다.

겨우 1학년 4반 교실에 도착했습니다. 좀 쭈뼛거리다가 교실 문을 열었습니다. 스르륵 소리에 아이들이 모두 나를 쳐다보았습니다. 고개를 숙이고 빈자리로 갔습니다. 선생님이 앉으라고 말하기도 전에 가방을 책상 모서리에 걸고 의자에 앉았습니다. 머릿속은 온통 아까 그 남자아이가 가지고 있던 그림 도구 생각뿐이었습니다.

"엄마, 나도 그림 그리는 거 사줘! 갖고 싶단 말이야!" 가방을 바닥에 내동댕이치며 떼를 썼습니다. 엄마는 가방을 탁탁 털어 한쪽 구석에 놓았습니다. 그게 뭐냐 물었습니다. 설명하다가 막혀 울음을 터뜨렸습니다. 엄마가 학교에 왔습니다. 선생님에게서 설명을 들으셨는지 집으로 가셨습니다. 집에 왔더니, 치음 보는 물건이 방안에 사시런히 놓여 있었습니다. 어제 본 남자아이 것과 똑같지는 않았지만 제법 비슷하게 생긴 거였습니다. 기어이 엄마에게 얻어냈습니다. 다음날부터 가방 대신 미술도구를 들고 학교에 갔습니다. 미술반에 갔습니다. 거기에 가면 그 애를 만날 수 있을 거라고 생각했지요. 문을 열었는데 하늘색 원피스를 입고 있는 여자만 있고 아이들은 내가 처음이었습니다. 그림 그리러 왔냐는 물음엔 대답도 하지 않고 휙 한 바퀴 둘러보고 나와 버렸습니다.

없었습니다. 괜히 왔잖아. 뽀로통하게 입을 삐죽이며 돌아섰
습니다. 집에 와서 괜스레 엄마에게 툴툴거렸습니다. 엄마는
내일 또 가보면 되지, 뭐. 괜찮다고 했습니다.

　다음날도 수업이 끝나고 미술반으로 쪼르르 달려갔습니
다. 어제 보았던 선생님과 몇몇 아이들이 보였습니다. 허탕
이었습니다. 또 그냥 나왔습니다. 3일째 되는 날, '있다!' 내
가 찾던 남자아이. 성큼성큼 그 아이 옆에 가서 앉았습니다.
엊그제 보았던 여자 선생님이 그림 그리러 왔냐고 물었습니
다. 어떻게 하면 여기서 같이 그릴 수 있어요? 그렇게 그림을
그리기 시작했습니다. 잘 그리지 못했습니다. 그저 내 눈에
들어왔던 남자아이의 멋진 모습에 그냥 나도 따라 하고 싶었
을 뿐입니다. 잘 보이고 싶고 나를 바라봐 주면 좋겠어서 매
일 미술반 이젤 앞에서 그리고 또 그렸습니다. 조금씩 형태
가 나온다며 선생님이 내게 하나하나 가르쳐 주었습니다. 칭
찬에 자신감이 생겼습니다. 처음으로 붓을 잡고 산도 그리고
매화도 그렸습니다. 붓에 먹물을 묻혀 그리는데요. 먹그림이
라고도 했고, 수묵화라고도 알려주었습니다.

　한지 위에 멀리 있는 산 그림자와 가까이에 있는 나무까지

모두 먹물로 표현했습니다. 아이들도 내 앞으로 모여들어 '이야.' 하며 박수를 쳤습니다. 어깨가 으쓱했습니다. 남자아이는 자리에 꼼짝하지 않고 뭔가 그리고 있었습니다. 색색 물감으로 칠하고 있었는데 멀리서 보기에도 나와는 달랐습니다. 부러웠습니다. 손가락으로 가리키며 저건 뭐냐고 선생님에게 여쭤봤습니다. 이건 수채화. 권이는 미술에 재능이 있지. 그때 알았습니다. 그 애 이름을. 관심이 갔습니다. 매일 마주쳤습니다. 자연스럽게 그림 그리는 이야기도 하고 자신 있는 부분에 대해서도 이러쿵저러쿵 말을 주고받았습니다. 중학교 3년이 권이 덕분에 그림으로 물들었습니다. 미술관도 같이 가고, 화구통을 메고 각종 미술 공모전 대회에도 나갔습니다. 당당하게 특선, 장려상, 대상 등 입신도 했습니다. 화가의 꿈을 품었습니다. 화가가 되면 내 어깨에 날개를 달아 줄 거라고 생각했습니다.

고등학교 2학년. 미대에 가기 위한 중요한 시험이 있던 날, 아버지가 운전하는 차를 탔습니다. 집에서 나온 지 10분도 채 되지 않아 버스를 들이받았습니다. 이 사고로 아버지는 의자에 끼어 엉치뼈가 바스라지는 중상을 입었습니다. 119 구급차에 실려 대전 을지병원으로, 나는 오른쪽 정강이가 부러져 공주 병원으로 이송되었습니다. 시험을 보지 못했고, 병원 생활과 1년 넘게 목발을 짚고 통학했습니다. 그림도 그리지 못했습니다. 진로가 바뀌었습니다. 졸업 후 서울로 올라왔습니다.

돈을 벌어야겠다는 생각으로 취직했습니다. 전자부품 대리점에서 경리로 사회생활 시작했지요. 다람쥐 쳇바퀴 돌 듯 회사생활 열심히 했습니다. 그러다가도 잘 되는 사람을 보면 나도 모르게 질투가 났고요. 나는 왜 이 모양인지 비교하기 바빴습니다. 불평불만이 쌓였습니다. 매일 고역이었습니다. 오로지 돈, 돈, 돈에 환장했습니다. 꿈꿀 여유가 없었습니다.

누가 그러더군요. 성공하려면, 돈을 벌려면 책을 읽어야 한다고요. 일주일에 두 번 정도 종각에 있는 영풍문고에 갔습니다. 몰랐습니다. 책이 이렇게 많이 있는지, 종류는 또 어떻고요. 사람들 사이로 비집고 들어갔습니다. 서점에서 추천하는 최근 트렌드, 베스트셀러, 자기계발서, 영업 관련 책을 주로 보고 읽었습니다. 살고 싶고 부자가 되고 싶었습니다. 생존을 위한 독서가 시작되었습니다. 하지만 읽어도 무슨 소리인지 알아먹을 수가 없었습니다. 또, 돌아서면 잊어버렸습

　사람들은 내게 웃는 모습이 예쁘다고 한다

니다. 답답했지요. 잊지 않으려고 메모했지만, 다시 보지 않으니 소용없었습니다.

다만, 쉬지 않고 읽었습니다. 비슷한 단어와 문장이 눈에 들어오기 시작하더군요. 밑줄 긋고 귀접기도 하고 치열하게 읽었습니다. 읽다 보니 재미있더라고요. 다양하게 닥치는 대로 읽었습니다. 책에서 읽은 내용을 다른 사람에게 전하기도 했습니다. 아는 척이 하고 싶었습니다. 사람들이 호응하고 잘한다, 잘한다, 말해주었습니다. 참말인 줄 알았습니다. 그때부터 앞만 보고 달렸습니다. 주변을 돌아볼 여유나 시간이 없었습니다. 자고 일어나면 일 쳐내기 바빴고, 책에서 알려주는 대로 사람들을 만났습니다. 덕분에 고객들과 상담할 때, 그들에게 혜택이 되는 부분을 콕콕 찍고 선택할 수 있게 하니 호응이 좋아 성과로 이어졌습니다. 우쭐했고, 아는 척했고, 내가 뭐라도 된 양 출싹거렸습니다. 남 탓은 여전했습니다. 돌아서면 흉도 보았습니다. 내가 꿨던 이상적인 꿈은 흔적도 없이 사라졌습니다. 아! 언제쯤이면 내가 원하던 대로 살 수 있을까, 또 불평불만이 생겼습니다. '감사'라는 걸 알았어야 했는데요. 그러지 못했습니다.

“내 꿈은 돈을 많이 벌어서 부자가 되는 겁니다.”

제 주변에 있는 분들에게 꿈이 뭐냐고 물으면 많은 사람이 두루뭉술하게 답합니다. 또는 바로 대답하지 못하는 사람도 있습니다. 아예 생각해 보지 않았다고 말하는 사람도 많았습니다.

원하는 바를 이루기 위해서 나는 이렇게 해보았습니다. 첫째, 아침에 눈 떠서 저녁에 잠이 들 때까지 '감사'와 '덕분에'라는 말을 수시로 했습니다. 오늘 잘 살아낸 나 자신에게 '잘했어. 수고 많았어.'라고 토닥여주기도 했습니다. 둘째, 하루 10분씩 책을 읽고, 문장 한 줄 가져와 내 언어로 바꿔 노트에 기록했습니다. '어떻게든 되겠지.'라는 안일한 생각은 제자리걸음 아니 퇴보한다는 걸 알았기 때문입니다. 셋째, 운동을 시작했습니다. 두 달째입니다. 체력이 있어야 원하는 일을 끝까지 지속할 수 있으니까요. 무기력에서 벗어나고 싶었습니다. 행동으로 옮겼지요. 스쿼트 50개, 누워 다리 들어올리기 50개, 다리 들어 올려 양쪽으로 교차하기, 복부 운동, 개구리 자세로 뒷다리 들어 올렸다 내리기 50개 등 한 시간 정도 꾸준하게 하고 있습니다.

 사람들은 내게 웃는 모습이 예쁘다고 한다

내가 하는 말을 가장 먼저 듣는 사람이 '나'라는 사실을 받아들이고부터 좋은 단어를 쓰려고 노력합니다. '고맙습니다.'라고 말합니다. '너 오늘 쫌 생겼다.' 자뻑도 합니다. 자칫 재수 없다고 느낄 수도 있지만 뭐 어떻습니까. 이게 '나'인 걸요.

자신의 있는 그대로 모습을 인정하고, 원하는 바를 이루기 위해 꾸준히 노력하는 것, 이것이 자기 삶을 잘 만들어가는 방법이 아닐까 생각해 봅니다.

돈벼락이라도 맞으면 좋겠다

온양온천역. 유난히 추웠습니다. 몸도 마음도. 저녁 8시가 조금 넘은 시각, 택시 승강장 너머로 보이는 불빛이 눈에 띄었습니다. 불빛을 따라 걸었습니다. 옷깃을 여미고 2~3분 걷다 보니 좀 허름한 간판이 보이네요. 로또 1등 당첨 3번, 2등 20번이라는 현수막이 걸려 있었습니다. 몇 번을 망설이다가 문을 빼꼼 열고 들어갔습니다. 한쪽에 진열된 곳으로 시선을 돌렸습니다. 종이 한 장을 꺼냈습니다. 옆에 컴퓨터용 사인펜을 집어 들었습니다. 막 동글뱅이를 치려는 찰나 날카로운 여자의 목소리가 들렸습니다.

"지금 뭐 하는 거예요?"

"로또 사려고요."

"끝났어요. 로또 한 번도 안 사봤어요? 나가요. 아우. 뭘 모르나 봐. 이제 와 로또를 산대."

나도 모르게 얼굴이 화끈거렸습니다. 일말의 희망을 품고 들어왔는데 안 된다니. 이상한 사람 취급하며 소리를 지르는데 이유를 알고 싶었습니다. 왜요? 지금 로또 사면 안 되나요? 여자는 귀찮다는 듯 좀 전에 끝났잖아요. 몰랐어요? 내일부터 판매해요. 나가요 얼른. 처음 알았습니다. 로또 구매는 토요일 당첨 번호 발표 전까지라는 걸요. 어기적거리며 나왔습니다. 더 추웠습니다. 버스도 없는 이곳. 걷기에는 위험한 거리고 택시를 기다렸습니다. '로또 하나 마음대로 살 수 없다니. 세상 물정 몰라도 너무 모르는 걸까.'

2022년 11월. 모르는 번호로 전화가 왔습니다. 받았죠. 돈을 빌려주다고 합니다. 솔깃했습니다. 갚아야 할 돈이 있었거든요. 상담사의 말에 빠져들었습니다. 스마트폰에 뭔가 깔라고 하더군요. 시키는 대로 했죠. 명목은 경기 침체로 인한 대환대출 서비스 제도라고 하더군요. 믿었죠. 당시 내가 갖고 있던 부채. 남편 모르게 혼자 감당하던 빚이 7천만 원을 훌쩍 넘긴 상태였습니다. 8천5백만 원을 60개월로 융통해줄 수 있다고 했습니다. 그러면 내 계산에 적어도 1천만 원은 생활 여유자금으로 돌릴 수 있다는 생각이 들었지요. 구세주를 만났다고 생각했습니다. 얼굴을 꼬집어 봤죠. 아팠습니다. 꿈은 아니었고요. 상담사는 계속해서 말을 이어갔습니다. 질문에 대답도 잘 해줬습니다. 참 친절하더라고요. 뭐라도 보내주고 싶은 생각이 들어 연락처를 물었는데 잘 알려주더라고요. 스마트폰에 '대환대출 친절 상담 팀장님'이라고 저장했습니다. 자신의 이름도 알려주더라고요. 다시 수정했지요. '친절 상담 김미영 팀장님(대환대출)'이렇게요. 김미영 팀장은 거의 다 되었다며 신분증 사본을 문자로 달라고 하더라고요. 얼른 복사해서 보내드렸지요. 잠시만 기다리라면서 전화를 끊더라고요. 5분 정도 후에 주의사항 알려준다며 말을 이어갔습니다. 금일 대출 건은 생활자금 및 대환대출이며 현재 갖고 있는 금액을 상환하는 조건이라고 말입니다. 나머지는 생활자금으로 가지고 있다가 필요 없으면 언제든지 중도 상환도 가능하다 일러줬습니다. 중도 상환에 대한 수수료도 없다고 했지요. 또 믿었습니다. 현재의 부채를 갚고 6개월 동안은 이자만 148,000원 정도 내고 그 이후부터 원리금 균등 상환으로 54만 원 정도씩 54개월 동안 납부하면 된다고 약정 조건을 상세히 알려줬습니다. 매달 옥죄어오던 대출에 대한 부담을 덜 수 있다는 생각에 의심하지 않았습니다. 부푼 기

　사람들은 내게 웃는 모습이 예쁘다고 한다

대에 혼자서 머리를 굴리기 시작했죠. 7천만 원 갚고, 나머지
는 주식도 사고, 수강하고 싶었던 강의 수강, 사고 싶었던 노
트북도 사기로 마음먹었죠. 돈 무서운 줄 몰랐습니다. 이 또
한 갚아야 한다는 생각을 왜 하지 못했을까요.

　김미영 팀장은 "자! 심사가 떨어졌습니다. 내일 오전 9시 고
객님의 계좌로 8천5백만 원이 입금될 예정입니다. 입금되면
바로 대환대출 명목의 돈을 갚으시고 영수증은 저희에게 보
내주세요. 수고 많이 하셨습니다. 내일 통화 드리겠습니다."
　두 다리 쭉 뻗고 잠잤습니다. 기분 좋게 아침을 맞았습니
다. 전화 한 통이 오더군요. 받았죠. 우리 금융 캐피탈이라고
하더군요. "김미예 고객님 맞으시죠. 어제 대출 상담 받으셨
더군요. 2021년 받았던 대출 건 1천6백만 원에 대해 계약 해
지 되었습니다. 금일 오후 3시 30분까지 당사의 대출금 1천
6백만 원 전액 상환하셔야 합니다. 갚지 못하면 채권추심 바
로 들어갑니다." 어안이 벙벙했습니다. 이게 지금 뭐라는 건
지. 저기요. 상담은 받았지만, 대출금을 받지 못했습니다. 그
러면 계약해지는 무리 아닌가요? 따져 물었지만 남자 상담
사는 단호했습니다. 어디서부터 잘못된 건지 알 수가 없었습

니다. 어제 상담했던 김미영 팀장에게 전화했습니다. 받더라고요. 아이고 고객님 어떻게 해요. 저도 방금 연락받았어요. 그때 대출받을 때 조건 모르셨어요? 되려 내게 묻네요. 머릿속이 하얬습니다. 당장 어디 가서 1천6백만 원을 구할 수 있을까요. 없었습니다. 급한 마음에 여기저기 전화를 돌렸습니다. 갑자기 돈을 빌려준다는 사람 있을 리 만무했습니다. 현금서비스 조건을 확인했습니다. 600만 원 가능했습니다. 3개의 통장을 확인했습니다. 다행히 카드값 내려고 모아놓았던 돈이 딱 1천6백만 원이 되었습니다. 우리금융 캐피탈에 전화했습니다. 가상계좌번호 달라고요. 안된답니다. 현장 요원과 접선하여 직접 받고 인증샷을 보내줘야 한다고 하네요. 영화 속 한 장면 같은 요구에 의심을 품을 법도 했지만, 이미 내 이성은 마비되어 있었습니다. 정신을 차릴 수가 없었습니다. 그건 또 어떻게 하는 건지. 김미영 팀장에게 전화했습니다. 도와달라고 했지요. 먼저 캐피탈 돈을 갚아야 자신도 재심사를 할 수 있다고 말하는 거예요. 통장에 있는 돈을 하나로 모아야 했습니다. 1통장에서 2통장으로 이체를 시도했습니다. 500만 원 이체했습니다. 잔고 0원. 이게 무슨 일일까요. 귀신이 곡할 노릇이었습니다.

 사람들은 내게 웃는 모습이 예쁘다고 한다

분명 내 통장에 돈이 있는데 이체만 하려고 하면 잔고 0원이라고 떴습니다. 뒷덜미가 당겼습니다. 머릿속은 뒤엉켜 생각할 수 없었습니다. 트레이닝 바지에 슬리퍼 질질 끌고 국민은행으로 달려갔습니다. 제정신이 아니었습니다. 분명 통장에 1천6백만 원이 있는데 이체만 하면 0원이라니. 시간은 벌써 오후 3시를 가리키고 있었습니다. 급했습니다. 현금 인출 이유를 묻는 직원에게 날카롭게 소리 질렀습니다. "그냥 달라고요. 내 돈 내가 달라는데 무슨 말이 많아요." 미쳤나 봅니다. 눈에 뵈는 게 없었습니다. 고객님, 이 통장은 은행 간 전산 시스템에서 '보이스피싱' 의심으로 인출 거절되었습니다. 혹시 누군가 돈을 요구했나요? 그때까지도 현실을 인지하지 못했습니다. 은행장과 팀장이리는 사람이 나를 한쪽으로 안내하며 상황 설명했습니다. 귀에 들어오지 않았습니다. '보이스피싱'이라니. 내가? 등골이 오싹했습니다.

몰라도 너무 몰랐습니다. 로또를 살 줄도, 그저 친절하게 돈을 빌려준다는 말에 홀딱 넘어갔습니다. 돈벼락이라도 맞았으면 좋겠다는 헛된 꿈에 된통 당한 겁니다.

세상 쉽게 돈을 탐하려 했으니 신도 정신 차리라고 벌을 준거겠지요. 지금도 그 돈 갚고 있습니다. 매달 목구멍이 깔딱깔딱할 때까지 갚아내느라 호되게 값을 치르고 있습니다. 요행을 바란 건 아니라고 말하고 싶지만 엎어치나 메치나 결국은 '돈벼락'을 맞고 싶다는 게 속마음 아닐까요. 거울 속에 비친 내 모습이 낯설게 느껴집니다. 그 낯선 얼굴은 요행을 바라던 내 욕망의 일그러진 자화상이었습니다.

   사람들은 내게 웃는 모습이 예쁘다고 한다

언제 터지나 했습니다. 마음을 단단히 먹었습니다. 대행사 대표가 씩씩거리며 출근했습니다. 머리카락을 길게 늘어트리고 짧은 야구 점퍼에 카고바지를 입고 나타났습니다.

"아! 씨발, 콜센터 실장이란 년은 나와서 남의 돈 거저 300만 원 가져가. 지 영업해서 수당 타 가. 이게 있을 수 있는 일이야? 혜민이 너 이게 정당하다고 생각하냐?" 불똥은 콜센터 직원인 혜민 매니저에게까지 튀었습니다. 내 눈치를 보며 "안 되죠." 정숙이 너는 어떻게 생각해. 그녀 또한 고개를 가로저었습니다.

나는 말없이 수화기를 들고 고객들과 통화를 했습니다. 속은 뒤틀리고 떨렸지만 내가 할 수 있는 일은 없었습니다. 저러다 말겠지. 참았습니다. 기름을 부을 대로 부은 대표는 무시하는 듯한 내 태도가 마음에 들지 않았는지 전화기를 내동

댕이치더니 나가버렸습니다. 정적이 흘렀습니다.

"실장님! 왜 저런 소리 듣고도 가만히 계세요? 억울하지 않으세요?" 혜민 매니저가 물었습니다. 직원들 보기 창피했습니다. 어떤 말도 할 수 없었습니다. 말하면, 터진 입이라고 아무 말이나 하느냐 할 거고, 가만히 있으면 혼자 떠들다 말거니까 차라리 입을 다물고 있는 게 낫다고 판단했습니다.

평소엔 "실장님아! 오늘 매출 얼마나 올렸어? 우리 예치금 넣을 돈은 되지? 우리 점심 먹으러 갈까?"라고 말합니다. 뭔가 꼬인 일 있을 때는 세상에서 들어보지 못한 욕은 다 하고 나갑니다. 하루에도 몇 번이고 사직서를 낼까 말까 고민합니다. 그러나 아직은 때가 아니라 생각했지요. '책임감'이라는 이름의 닻이 나를 거친 파도 속에 붙들어 매고 있었습니다. 어찌 되었든 경기가 좋지 않은 상황이라 욕을 먹더라도 이 돈을 받아야 매달 돌아오는 대출금을 갚을 수 있기 때문입니다. 그랬습니다. 어딜 가나 그런 사람 있지요. 뭘 해도 내가 미워 괴롭히는 사람, 내가 무슨 짓을 하든 믿고 맡겨놓고 볼 일 보러 가는 사람, 내게 일도 관심 없는 사람 등 심리학에서는 인간관계의 '3분의 1 법칙'이라는 게 있지요. 이 사실을 알고부터는 일일이 대응하지 않습니다. 다만, 내가 오늘 해야

 사람들은 내게 웃는 모습이 예쁘다고 한다

할 일을 완수하려고 애를 씁니다. 이는 매출과 연결되고요. 직원들에게 자신들도 나처럼 하면 급여를 더 받을 수 있다는 동기부여로 연결됩니다.

입사할 때, 콜센터 운영하고 직원들 독려하면서 기본급여 300만 원, 내 기존의 영업권 보장과 별도 수당을 받는다는 조건이었습니다. 나 또한 다른 사람들에게 이러쿵저러쿵 말을 듣지 않기 위해 두 세 사람의 몫을 해냈습니다. 직원들 수다 떨 때 나는 회사 매출을 위해 영업했습니다. 성과도 냈지요.

출근해서 퇴근할 때까지 쉬지 않고 일했습니다. 집에서 아침 7시 40분에 전철을 탑니다. 저녁 8시 퇴근합니다. 집에 오면 9시 30분입니다. 누가 억지로 하라고 한 것도 아닙니다. 빨리 돈을 벌어 빚 갚고 애들이 원하는 것 해주고 싶었습니다. 첫째와 둘째, 셋째는 일찌감치 자신의 할 일을 잘하든 하지 못하든 합니다. 불평불만 없습니다. 그저 엄마가 회사에서 돌아올 때까지 기다립니다. 집에 오면 만사가 귀찮습니다. 손가락 하나, 입었던 옷을 벗기조차 버거울 정도입니다. 가슴 한구석이 탁 막힌 듯 답답합니다. 집안 꼴 엉망이고요. 언제까지 이래야 할까. 기약 없는 시간이 야속했습니다. 남들은 다 괜찮아 보이는데 나만 제자리인 듯합니다. 거기다가 매일 욕을 먹습니다. 나이 오십에 캄캄하기만 합니다.

맞벌이하며 주말부부로 떨어져 지내고 있습니다. 금방 자리 잡을 수 있을 거라고 생각했습니다. 현실은 나아지지 않았습니다. 어쩌 더 처지는 기분입니다. 둘이 벌지만 늦게 퇴근하니 아이들 간식이며 식대가 터무니없이 많이 나갑니다. 또 남편이 일주일에 한 번 서울에 올라오면 외식합니다. 아이들이 아빠와 외식하기를 기다리거든요. 식구가 많다 보니 외식 비용도 의외로 많이 나갑니다.

서울 중화동에서 경기도 의정부 지나 녹양역까지 지하철로는 35분 정도 걸리지만 집에서 나와 마을버스 타고 기다리는 시간까지 하면 1시간 40분 정도 왕복 세 시간 넘게 걸립니다. 늦기라도 하면 택시를 탑니다. 식대와 교통비로, 번 돈의 반 이상이 나갑니다. 밑 빠진 독에 물 붓는 격이었습니다.

친구들을 보면 무리 없이 편안하게 사는 것처럼 보입니다. 애들은 어느 정도 다 키웠고 이제는 부부끼리 놀러도 다니면서 살고 있습니다. 나는 여전히 아이들 뒤치다꺼리에 밤늦게까지 일에 치입니다.

잘 버티다가 또 불청객이 고개를 들이밉니다. 이만큼 사는 것도 '감사'해야 하거늘 불평불만이란 놈이 내 귓가에 대고 속삭입니다. 남들은 저만큼 가는데 넌 뭐야? 뭐해. 빨리 뛰어. 저 사람들 뛰어넘어야지. 그렇게 해서 되겠어? 그러니까 네가 저 사람들에게 뒤지는 거야. 끊임없이 이간질 시킵니다. 아주 돌아버리겠습니다. 주변을 둘러봅니다. 나만 빼고 모두 행복해 보입니다. 세상이 불공평하다는 생각 들었습니다. 책상 앞에 놓인 이면지를 쭉 찢어 쓰레기통에 처넣었습니다.

마음이 진정되지 않아 베란다 창문을 열었습니다. 찬바람이 훅 스쳤습니다. 캄캄한 밤, 아파트 앞 놀이터에 어른 남자와 아들인 듯한 아이기 있습니다. 바람 쐬러 나왔나 봅니다. 바람이 찬데 아이는 아빠가 밀어주는 그네에 앉아 쉼 없이 종알거립니다. 하늘을 올려다보았습니다. 달이 떠 있네요. 평소에는 별도 보였는데 요즘은 보이지 않습니다.

오늘, 내가 가진 행복을 모르고 지나칠 때가 많습니다. 남의 떡이 커 보이거든요. 나만 힘든 것 같고, 남들은 걱정 하나 없이 그저 좋아 보입니다. 와! 저 사람은 무슨 복이 있어 돈 걱정도 없어 보이고 일도 잘되는 걸까. 질투도 나고 꼴도

보기 싫습니다. 부정적인 생각이 끝도 없습니다. 갑자기 한기가 느껴지네요. 베란다 창문을 연 채로 오래 서 있었다는 걸 잊고 있었습니다. 아빠와 아들의 공간이었던 놀이터도 까 맣습니다.

비로소 내 얼굴이 보였습니다. 멋쩍어 씩 웃어 보았습니다. 중년의 아줌마가 잔뜩 찡그리고 서 있는 모습이란. 정신이 번쩍 들었습니다. 비록 찡그린 얼굴이었지만, 그것 또한 지켜내야 할 나의 소중한 삶임을 깨달았습니다. '나'란 존재를 잊고 있었습니다. 하고 싶은 일도 많았습니다. 잠재력과 가능성도 있는 나였지요. 남들과 비교하다 보니 정작 '나'를 바로 보지 못했습니다. 미안했습니다. 다시 살아야겠습니다. 밤하늘에 별이 없다고 해서 '나'란 별까지 사라지진 않았을 테니까요.

 사람들은 내게 웃는 모습이 예쁘다고 한다

괜찮아! 아니, 나 안 괜찮아!

집에 갈 수 있다는 신호. 마지막 종이 울렸습니다. 친구들은 하나둘 가방을 메고 교실 밖으로 나갑니다. 멀어져가는 친구들의 뒷모습을 물끄러미 바라보았습니다. 선생님이 툭툭 내 어깨를 칩니다. 집에 가고 싶니? 아니에요, 괜찮아요. 선생님이 시키신 일하기로 약속했는걸요. 나보다 어린 친구들 받아쓰기 봐주는 날입니다. 나는 5학년, 받아쓰기 나머지 공부할 아이들은 1학년 동생들입니다.

받아쓰기는 언제나 올백이었습니다. 친구들 한두 개 틀릴 때, 틈을 주지 않았지요. 매번 백 점이었으니까요. 공부도 잘하고 선생님 말씀도 잘 들었습니다. 그래서인지 담임 선생님은 나를 특별하게 예뻐했습니다. 네 살 어린 동생들 받아쓰기 봐주기로 했습니다. 나는 늘 괜찮은 아이여야만 했습니다. 그래야만 인정받을 수 있다고 믿었으니까요. 그런데 말이지요. 집에 가는 친구들 보니 부러웠습니다. 어둑해질 때까지 교실에 혼자 남겨져 있는 게 무서웠고요. 산길을 돌아 집으로 가는 길이 싫었습니다.

나머지 공부할 1학년 동생들이 교실 안으로 들어왔습니다. 담임 선생님이 받아쓰기 시험지를 가지고 오셨습니다. 꼬물꼬물 말도 많고 시끄럽게 떠드는 동생들에게 조용히 하라고 했습니다. 1학년 동생들 열 명이 의자에 앉았습니다. 나는 앞으로 나갔습니다. 김영창 선생님은 책상 의자에 앉아 계셨습니다. 직접 동생들에게 가르쳐 보라 했습니다. 총 10문제를 내는 건데요. 내가 불러주면 아이들은 받아 적는 겁니다. 90점 이상 맞아야 집에 갈 수 있습니다.

"준비됐지요. 자 부르는 대로 받아쓰세요. 1번 나비, 2번 호랑이, 3번 책상, 4번 원숭이, 5번 진달래꽃이 피었습니다."라고 불러 주었지요. 아이들은 열심히 받아 적었습니다. 열 문제 모두 쓴 아이들이 받아쓰기 용지를 걷어 내 앞에 가져왔습니다. 채점도 내가 해야 했습니다. 답안지를 보지 않고도 알 수 있는 문제입니다. 동생들은 내가 채점하는 동안 또 떠들었습니다. 조용! 다시 조용해졌습니다. 열 명 중 일곱 명

    사람들은 내게 웃는 모습이 예쁘다고 한다

이 모두 맞혔고, 나머지 세 명은 처음부터 다시 가르쳐야 할 정도로 부족했습니다. 이번에는 오답 노트에 적어오라고 숙제를 내 주었습니다. 애들을 모두 집으로 보냈습니다. 흐트러진 책상과 의자를 바로 했습니다. 나도 가방을 정리했습니다. 선생님은 나에게 잘했다며 뒤에서 안아 주었습니다. 나는 놀라 주춤했습니다. 도망가야 한다고 생각했지만, 그 자리에 얼어붙었습니다. 선생님은 예뻐서 그러는 거라며 괜찮으니 가만있으라 했습니다. 나는 괜찮지 않았습니다.

중학교에 입학했습니다. 내가 사는 곳은 목면 본의리, 중학교는 버스를 타고 15분 정도 가야 했습니다. 정산면에 있었지요. 버스 타고 통학했습니다. 그날도 그림을 그린 후, 집에 오는 6번 버스를 탔습니다. 의자에 앉았지요. 버스 차고지에서 두 정거장 왔을 때, 지곡리 버스정류장으로 기억합니다. 둔탁한 소리가 앞에서 들렸습니다. 버스가 휘청했죠. 놀라 밖을 내다보았습니다. 교통사고를 목격했습니다. 버스 앞에서 오토바이와 자가용이 정면충돌했습니다. 버스가 커서 오토바이가 미처 자가용을 보지 못한 모양이었습니다. 사람이 공중에 붕 떠서 헬멧과 몸이 분리되었습니다. 오토바이는 완전 박살났고요. 모두 운전자가 죽었다고 말했습니다. 버스 안은 웅성웅성 시끄러웠습니다. 자가용 운전자가 나와 119를 부르는 것 같았습니다. 버스에 탄 사람들은 모두 현장을 보았습니다. 마치 슬라이드 쇼를 보는 것 같았습니다. 보고도 믿을 수가 없었습니다. 버스 운전자도, 현장을 목격한 사람들도 다들 어떻게 해야 하냐고 걱정만 했습니다. 무서웠습니다. 나는 식은땀을 흘렸습니다. 처음 본 사고에 속이 뒤틀렸습니다. 토할 것 같았습니다. 구급차와 경찰차가 도착했습니다. 오토바이 운전자의 상태를 보는 것 같았습니다. 119 대원 중 한 사람이 고개를 가로젓는 게, 상황이 좋지 않아 보였지요. 그런 외중에 나는 도저히 참을 수가 없었습니다. 버스에 함께 타고 있던 사람이 하얗게 질린 내 얼굴을 보고 "학생 괜찮아? 왜 그래 어디 아파? 아이고 왜 그렇게 식은땀을 흘린다."라고 나를 살폈습니다. 괜찮아요. 말했지만 괜찮지 않았습니다. 집에 돌아와서도, 잠을 잘 때도, 다시 학교에 갈 때도 사고의 기억이 나를 괴롭혔습니다. 트라우마, 그때부터 차를 타는 게 두려웠습니다.

이가 시렸습니다. 위아래 어금니가 흔들렸습니다. 미련하게 참았습니다. 첫째 낳고 갑자기 찾아왔습니다. 30대 중반에 고장 났습니다. 시어머니는 아이고 지연 에미야. 그래가지고 어쩌냐. 이가 오복 중에 하나라는데 넌 어쩌자고 벌써 그러냐. 안 되겠다야. 아는 사람이 잘한다는데 한 번 맡겨봐라. 결혼한 지 얼마 되지 않았고 형편이 넉넉하지도 않았습니다. 치아에 이상이 생기면 응당 치과에 가는 것이 당연한 일이었지만 임플란트를 비싼 돈 주고 하기엔 부담되었습니다. 30대에 이가 망가졌다는 걸 받아들이지 못했습니다. 시어머니와 남편은 보다 못해 사람을 집으로 불렀습니다. 공부는 했으되 일명 '야매'라는 사람에게 내 치아를 맡겨야 했습니다. 시댁으로 사람이 왔습니다. 치아를 보여줬어요. 풍치라고 합니디. 충치보다 치료가 디 이려운 게 풍치라고 일러주더군요. 먼저 흔들리는 어금니를 보았습니다. 아직 두고 보자고 하네요. 부어오른 잇몸 치료만 우선 했습니다. 썩 내키지는 않았습니다. 방바닥에 펼쳐 놓은 도구를 보니 위생상 좋을까. 내가 지금 왜 이런 식으로 치료받아야 할까. 기구들을 보니 이빨이 더 아팠습니다. 차라리 치과에 가는 게 빠르지 않을까 생각했지요. 일주일 후에 오겠다는 말을 건성으로 들었습니다. 남편에게 싫다고 말했습니다. 남편은 일단 받아

보라고 나를 달랬습니다. 실력 있는 사람이라고 괜찮다고 믿어보라고 말이지요. 나는 괜찮지 않았습니다. 돈도 돈이지만, 지금의 환경에 무기력해졌습니다. 병원 치료가 아닌 '야매'에게 내 치아를 맡기게 한 남편이 미웠습니다. 그런데도 말 한마디 하지 못했습니다. 미련하게 참았지요. 괜찮다고, 시간 지나면 해결된다고 믿었습니다. 아니었습니다. 이는 불평불만, 결핍으로 내 안에 쌓였습니다. 부정적인 생각에 사로잡혔지요.

간혹 나만 가만히 있으면 괜찮을 거라고 생각하는 사람들 있습니다. 그러지 않았으면 좋겠습니다. 그게 살아가면서 앞으로 나아가지 못하게 하는 원인이 될 수도 있으니까요.

어떤 식으로든 자기 안에 결핍과 불평이 쌓여 있다면, 그냥 방치해서는 안 됩니다. 저 나름대로 부정적인 감정을 없앨 수 있는 몇 가지 방법을 정리해 봅니다.

첫째, 믿을 만한 사람과 대화하든, 글을 쓰든 어떤 방법으로든 나의 밖으로 표출해 내야 합니다.

둘째, 과거의 내가 그 순간 참았기 때문에 바람직한 결과가 나온 것에 대해 생각해야 합니다.

    사람들은 내게 웃는 모습이 예쁘다고 한다

셋째, 지금부터라도 나 자신을 챙기며 살아야 합니다.

습관처럼 내뱉은 '괜찮아.'라는 말은 사실 스스로에게 건네는 아픈 거짓말일지도 모릅니다. 다른 사람 눈치 보느라 정작 나를 돌보지 못할 때가 많을 겁니다. 억눌린 감정은 몸과 마음의 병이 되어 발목을 잡습니다. 무서운 건 무섭다고, 싫은 건 싫다고, 아픈 건 아프다고 말해도 우리는 가치 있고 존재 자체로 사랑스러운 사람입니다.

'착한 아이'라는 가면을 벗고, 내 안의 진짜 목소리에 귀를 기울여주면 좋겠습니다. 때로는 세상을 향해 '나, 안 괜찮아!'라고 외치는 용감한 고백이, 무너진 일상을 다시 세우는 위대한 시작이 될 것입니다.

무슨 일이 있었냐면요

첫아이 낳기 전까지 내 몸무게는 쭉 39킬로그램에서 42.5 킬로그램을 유지했습니다. 결혼하고 2년 만에 아기가 생겼습니다. '행복이'에게 좋은 것만 보여주고 먹이고 싶었습니다. 이왕이면 영양가 있고 맛있는 음식만 넣어주려고 노력했지요. 배가 불러왔습니다. 훈장이라도 받은 양 배를, 있는 힘껏 앞으로 쭉 내밀고 다녔습니다. 평소 내가 먹지 않았던 양파, 마늘, 파는 기본이고, 고기, 생선, 해물 종류 가리지 않고 태아에게 좋다는 건 다 입에 넣었습니다. 해산달이 다가오면서 살도 같이 쪘습니다. 처음엔 아이를 가졌으니 괜찮아. 신경 쓰지 않았습니다. 친구이자 시누이가 한마디했습니다. "임신이 무슨 벼슬이야? 그 살 어쩔 거야? 그 살 안 빠진다. 두고 봐!" 기분 유쾌하지 않았지만 뭐 괜찮았습니다. 아이 낳고 운동해서 빼면 되지. 뭐 생각했죠. 막달에 임신중독 증세

가 우려되니 주의하라는 병원의 경고가 있었지만, 그때까지
도 나는 개의치 않았습니다. 내 몸을 믿었거든요.

　예정일을 훨씬 넘긴 날에도 아이는 나올 기미를 보이지 않
았습니다. 2002년 12월 25일 병원에 갔습니다. 유도분만 하
면 금방 낳을 거라 착각했습니다. 아이가 나오지 않는 거예
요. 촉진제를 맞고 8시간이 지난 후 진통이 오기 시작했습니
다. 이제 올 것이 왔다고 생각했죠. 분만실로 갔습니다. 금방
나올 거니까 걱정 말라고 남편을 향해 손을 흔들었습니다.
몇 시간이 흘렀는지 모릅니다. 정신을 차리고 보니 중환자실
이라고 하더군요. 다행히 아이와 산모인 나 모두 이제 안심
이라 들려줬습니다. 위험했다고 들었습니다.

　문제는 지금부터였습니다. 회복실로 왔는데요. 간병을 하
던 할머니 두 분이 나를 보고 "아이고 저 색시 쌍둥이 낳으려
나 봐. 배가 남산만 하네. 그려."

　"아기 낳고 왔는데요."라고 말했습니다. 아니랑께 그 배는
쌍둥이 배랑께. 할머니는 계속 내 비위를 건드렸습니다. 눈
물이 터져 나왔습니다. 딱 3.26킬로그램만 빠지고 나머지는
내 살이었습니다. 68킬로그램. 시누이 말이 떠올랐습니다.

'어떻게 한담? 모유 수유도 해야 하고 살도 빼야 하고.' 머리를 굴렸습니다. 산후조리 중에는 살을 뺄 수도, 음식을 안 먹을 수도 없었습니다. 시누이가 한 말, "돼지같이 뭘 그리 많이 먹어. 그 살 안 빠진다. 어떻게 할래." 등의 말을 다시 듣고 싶지 않았습니다. 멘붕이 왔습니다. 젖이 잘 나오지 않아 모유와 분유를 번갈아 먹였습니다. 자연스럽게 먹는 양을 조절했습니다. 6개월만 기다렸습니다. 아이 낳고 정상인의 몸으로 돌아온다는 시기.

한참 유행이던 '이소라 다이어트' 비디오테이프를 샀습니다. 텔레비전에 연결했습니다. 아침, 저녁으로 한 시간씩 비디오 속에서 이소라가 하는 운동을 따라 했습니다. 숨이 턱 차올랐습니다. 몸이 말을 듣지 않았습니다. 작심삼일. 때려죽여도 못 하겠다 중얼거렸습니다. 매트 위에 그냥 드러누워버렸습니다. 눈을 감았습니다. 시누이 말이 귓가에서 쟁쟁거렸습니다. 다시 일어섰습니다. 늘어진 살 교정하는 팔 운동, 다리 들어올리기, 복부 운동, 옆구리 살 빼주는 탄력 운동 등 하나하나 익혔습니다. 20일쯤 되었을 때, 할만 한데라는 생각과 함께 자신감이 붙었습니다. 매일 지속했습니다. 다리

   사람들은 내게 웃는 모습이 예쁘다고 한다

도 아프고 팔도 아픕니다. 살을 빼려면 모두 참아내야 했습니다. 두 달 지나니까 늘어졌던 뱃살에 변화가 생기는 듯 보였습니다. 신났죠. 무슨 일이 있어도 운동하는 걸 빼먹지 않았습니다. 운동한 지 5개월 차. 몸무게 45킬로그램. 처진 뱃살과 허벅지, 팔뚝 살은 그대로인 듯 보이지만 어쨌거나 빠졌습니다. 몸무게가 증명해 줬습니다. 사람들이 "어머! 선배님 살이 엄청 빠졌는데요? 몸에다 뭘 한 거예요? 와! 대박이다. 나도 좀 알려줘요." 너도나도 나의 다이어트에 열을 올렸습니다. 매일 1시간씩 몸을 움직였습니다. 포기하고 싶은 생각을 잠시 접어 뒀습니다. 놀렸던 시누이의 말이 자극제가 되었습니다. 꾸준하게 했습니다. 68킬로그램에서 37킬로그램 감량. 죽기 살기로 했습니다. 다시 쫄디를 입고 싶었기든요. 그것뿐입니다. 친정 작은 언니가 "너 그러다가 죽을 수도 있어. 무슨 운동을 그렇게까지 하냐. 아이고, 미쳐!" 지금부터 유지가 중요하겠지요. 처진 살이 조금 남아 있긴 했지만 독하게 뺀 나를 보고 시누이는 "와! 그게 빠졌어? 대박이다." 한마디 했습니다.

2024년 서울 생활 정리하고 아산 온양온천역 주변 실옥동이라는 동네로 이사 왔습니다. 편하게 살았나 봅니다. 살이 쪘습니다. 키는 줄어드는데 살까지 찌니 여간 불편한 게 아니었습니다. 코로나와 프리랜서 전향 후 의자에 앉아 있는 시간이 많은 탓인지 배 주변이 보기 싫을 정도로 볼록하게 나오고 옷을 입어도 태가 나지 않았습니다. 바지와 옆구리 사이 살들이 끼어 울퉁불퉁합니다. 어느 순간 될 대로 되라는 식으로 몸을 굴렸습니다.

"작가님! 원피스 입어봐요. 입고 벗기 편해. 삐져나올 살 걱정 안 해도 돼요. 얼마나 편한데." [주앤미 우베셀] 공동 운영자 이현주 작가가 말했습니다. 다리도 굵고 휘어서 좀 망설여진다고 말했습니다.

"그게 무슨 상관이에요. 롱으로 입으면 되지."

'아! 그런 방법이 있었구나.' 그 뒤로 원피스를 입기 시작했습니다. 편했습니다. 많이 먹어도 티가 덜 났습니다. 옆구리 살 걱정하지 않아도 되었습니다. 원피스 서너 벌 사서 입었습니다. 나름 괜찮았습니다. 이현주 작가 덕분에 고민 해결되었지요. 바지에서 원피스 입는 여자가 되었습니다. 배가 나와도 다리가 굵어도 상관없었습니다. 원피스는 그런 내 단점을 완벽하게 가려 주었습니다. 아니 그렇게 믿었습니다.

　사람들은 내게 웃는 모습이 예쁘다고 한다

바지를 입어야 할 상황이 생기기 전까지는요. 분명 며칠 전까지만 해도 입었었는데 허벅지에서부터 꽉 끼어 바지를 입을 수 없었습니다. 궁여지책으로 추리닝 바지를 입었습니다. 추리닝도 마찬가지로 허벅지에서 멈췄습니다. 바지 밴딩이 굵은 허벅지와 맞물려 자국이 났습니다. 불편했습니다. 망설이다 체중계에 올라갔습니다. 64.8킬로그램. 아! 맙소사! 언제 이렇게 살이 쪘는지 알 수가 없습니다. 내 허벅지는 꿀벅지가 아니라 지방 덩어리처럼 낯설어 보였습니다. 운동해야 하나. 어쩌지? 여러 가지 생각이 들었습니다. 그럼에도 불구하고 나는 운동이란 게 하기 싫었습니다. 힘들잖아요. 누가 봐줄 것도 아닌데 뭐 하러 힘들게 살을 빼. 됐어.

2025년 11월 3일. 시작했습니다. 도저히 안 되겠더라고요. 매일 한 시간 투자했습니다. 유튜브와 릴스 영상에 나오는 동작을 따라 하기 시작했습니다. 처음엔 운동이고 뭐고 쉬워 보이는 동작 5분만 스캔.

'어머나! 1분만 같은 동작을 해도 살이 빠진다고?' 내 눈을 의심했지만 해봤습니다. 쉬워 보였는데 몸에 유연성이 없어서 그런지 잘되지 않았어요. 다음날 같은 동작을 했죠. 할 때마다 한 가지씩 추가했습니다. 5분만 해야지 했던 운동 시간을 10분, 30분으로 늘렸습니다. 숨이 차더라고요. 그래도 한 달 이어갔습니다. 스스로 기특하다고 생각했죠. 사람들에게 운동 시작했다고 말하고 다녔습니다. 두 달째 되던 날 1시간으로 늘렸습니다. 동작도 스쿼트 50개, 배에 힘주고 손을 깍지 끼고 위아래로 올렸다 내렸다 반복 50개, 엎드린 자세로 엉덩이를 힘껏 들어 올렸다가 배에 힘주고 내리기 복부 운동이 되는 동작, 다리 들어올리기, 개구리 뒷다리 자세까지 하나하나 멈추지 않고 시도했습니다. 어떤 날은 잘 되고, 또 어떤 날은 죽도록 하기 싫었습니다. 왜요? 힘들고 잘되지 않으니까요. 더 중요한 건 이건 뭐 두 달을 했지만 살은 여전히 그대로 내 배와 옆구리에 붙어 있는 것 같았습니다. 체중계에 올라가면 3킬로그램 빠진 것처럼 보이지만 내가 보기엔 똑같았지요. 변화가 없다고 생각하니 더 하기 싫었습니다. 그런데요. 이상한 일이 생겼습니다. 배가 딴딴해지거나 옆구리가 착 달라붙어 라인이 예쁘게 생긴 건 아니지만 3개월째 하루도 빼놓지 않고 1시간씩 운동을 멈추지 않고 한다는 겁니다. 기분상인지 좀 유연해진 것 같기도 하고, 허벅지도 조금 다이어트가 된 모양새처럼 보였습니다. 동력이 생긴 걸까요?

살을 단기간에 뺄 생각이었다면 하지 못했을 겁니다. 내 몸에서 보내는 신호를 인지하고 하루 5분. 시간을 정해 따라 했습니다. 조금 익숙해지고 나서 10분, 30분, 1시간으로 운동량을 늘렸습니다. 동작도 2개에서 8개로 늘렸습니다. 한 동작을 10개에서 50개로 천천히 추가했습니다. 하기 싫을 때도 멈추지 않고 매일 했습니다. 운동이 좀 되는데? 시간과 동작을 늘려볼까? 욕심을 부렸다가도 과도하게 하지 않았습니다. 매일 내가 할 수 있는 만큼만 하자는 생각으로 버텼습니다. 눈으로 봤을 땐 변화가 없는 듯했는데 옷을 입어보니 조금 여유가 생기네요. 오늘 했는지 하지 않았는지 체크리스트에 동그라미를 치면서 도전하니 작은 성취감이 생겼습니다. 오늘만 하자고요. 내일까지 생각 말고 오늘만요. 어쩌면 이것이 오늘을 사는 이유가 아닐까요.

지금의 5분, 그리고 1시간씩 늘린 운동은 '나'를 향한 응원이었습니다. 남들의 시선이 아니라, 내 몸이 보내는 작은 신호에 귀 기울이는 여유를 배웁니다. 변화가 눈에 보이지 않아 포기하고 싶은 순간에도, 완벽한 몸매보다 하기 싫은 마음을 이겨내고 매일 5분을 견뎌낸 지금을 칭찬합니다. 오늘

만, 딱 오늘만 나를 위해 움직이는 시간이 모여 인생은 비로
소 태가 나기 시작할 거라고 믿습니다.

  사람들은 내게 웃는 모습이 예쁘다고 한다

한 방! 좋아합니다. 노력으로 얻은 결과는 시간이 오래 걸리기 때문입니다. 듣는 귀도 참 얄팍합니다. 누군가의 말에 솔깃하고요. 앞뒤 생각하지 않고 일단 저지르고 봅니다. 수습하느라 동동거립니다. 뻔한 길이란 걸 알면서도 고치지 못했습니다. 큰 사고를 치고 가슴앓이도 했습니다.

잘나가던 B 광고대행사 영업 매니저. 2006년 6월 사표를 던졌지요. 매출 6천만 원. 신기록이라 들었습니다. 다들 무슨 일이냐며 그만두지 말라고 말렸어요. 대행사 대표도 인센티브를 더 줄 테니 다시 생각해 보라고 잡았습니다. 듣지 않았습니다. 말은 건강상의 문제라고 혹시 모를 길을 열어두고 회사를 나왔습니다. 일말의 아까운 마음도 미련도 없었습니다. 나름의 복수라고나 할까요. 속으로 웃었지요.

입사 초기, 영업에 서툴렀던 나는 3개월 내내 통화가 끝날 때마다 눈물을 쏟았습니다. 고객 대응 능력이 없어 속수무책으로 당하다가 전화기를 내려놓기 일쑤였고요. 그런 이유로 주눅 들었습니다.

"신규 어떻게 해? 사장님이 3개월 치 월급 줘서 내보내라고 했대."

우연히 들은 선배들의 말이 무슨 뜻인지 몰라 물었습니다. 말해주지 않더라고요. 팀장에게 따졌지요. 대행사 대표에 대한 오기가 생겼고, 독기를 품었습니다. 사람을 평가하는 방식이 실망스러웠습니다. 반드시 코를 납작하게 해주겠다고 생각하고 달라지기로 했습니다.

자리에 앉아 울지 않고 버틸 수 있는 방법이라면 어떤 게 있을까, 고민했어요. 그날부터였습니다. 고객에게 안내해야 하는 관리자 툴을 열고 모조리 외우기로 마음먹었지요. 언제 어디서 질문을 해도 대답할 수 있다면 가능성이 있겠다 싶었습니다. 매일 아침 출근하면 한 시간씩 관리자 툴부터 익혔습니다. 두려워하던 통화도 시도했고요. 마음속에 가장 많은 매출을 올린 날이 사표를 던지는 날이 되리라 다짐했습니다.

　사람들은 내게 웃는 모습이 예쁘다고 한다

매일 시간을 정해 통화량을 늘려갔습니다. 관리자 툴은 한 달 만에 모조리 외워버렸습니다. 자신감이 생기더군요. 언제 어디서든 설명할 수 있었습니다. 처음으로, 광고주와 통화했을 때 울지 않았고요. 하루는 고객과 농담도 주고받았습니다. 가망고객이 생겼습니다. 모든 상담 내용 기록으로 남겼습니다. 나를 찾는 광고주가 많아졌습니다. 자연스럽게 계약 건도 늘었지요. 선배들의 시선이 달라졌습니다. 내게 묻기도 했고요. 내가 알고 있는 부분을 알려줬습니다. 성취감은 배가 되었습니다. 2년 걸렸습니다. 매출 최고의 기록을 세운 날 대행사와 작별했습니다.

"시언 에미야! 너 고모 좀 도와줘야겠디. 월급은 섭섭지 않게 줄게. 너도 영업보다는 이 일이 편할 거야."

2006년 대행사 퇴사 후 바로 시고모님 연락받았습니다. 유독 조카며느리인 나를 예뻐한 막내 시고모님이 월급 줄 테니 당신의 일을 좀 도와 달라고 했습니다. 돈을 쉽게 벌 수 있다는 말에 나는 또 흔들렸습니다. 다음날부터 성남으로 출근했지요. 시고모님이 정확히 무슨 일을 하는지는 몰랐습니다. 그저 네트워크마케팅 사업에 투자하는 걸로만 알았습니다. 내가 할 일은 통장관리였습니다. 500만 원 정도를 투자하면 나도 월급 외 돈을 더 만질 수 있다고 했고요. 남편 몰래 500만 원을 대출받았습니다. 남편과 내 이름의 계좌를 만들었습니다. 친정 언니와 작은오빠에게 1천만 원씩 투자 명목으로 받아 통장 개설했습니다. 시고모님은 시어머니에게서 남편 명의로 1억 1천만 원을 빌려 투자하게 했고, 나는 친정 언니와 작은오빠에게 각각 1천만 원씩 받았습니다. 출근하면 은행으로 갔습니다. 통장을 ATM 기계 속에 넣었습니다. 드르륵 득득 소리가 나면서 통장에 숫자가 찍혔습니다. 내 눈을 의심했습니다. 남편의 통장에는 '0'이 6개, 내 통장과 친정 언니, 친정 오빠의 통장에는 '0'이 3개 붙어 나왔습니다. 내 눈은 휘둥그레졌습니다. 1억1천만 원의 투자금은 다음날 4백만 원이 넘는 금액으로 페이백 되었고, 2천5백만 원의 투자금은 각각 425,000원의 이자로 통장에 찍혔습니다. 한 달도 아니고 하루 사이 원금에 대한 이자 명목으로 돈이 통장에 찍혔습니다. 이 돈에 대해 어떤 돈인지 의심하지 않았습니다. 다음날도 그다음 날도 통장에 찍힌 금액을 보고 가슴이 두근거렸습니다. 시고모님은 재투자해야 한다며 찾아서

  사람들은 내게 웃는 모습이 예쁘다고 한다

각각 나눠 재투자했습니다. 기분이라며 출근한 지 5일 만에 150만 원을 수당이라며 주셨습니다. 덥석 받았지요. 그리고 시어머님 돈을 먼저 갚고 투자하면 어떻겠냐고 여쭈었습니다. 시고모님은 며칠만 더 투자하고 갚자고 했습니다. 그 말을 따랐습니다. 2개월 순탄했습니다. 아침이 기다려졌고 통장을 보면 콧노래가 흘러나왔습니다. 시고모님은 더 바빠졌고 사람들을 모았습니다. 센터에는 사람들로 북적였습니다.

그날도 여느 때와 변함없이 출근했습니다. 가방을 가지고 은행에 갔습니다. 통장을 꺼냈습니다. 평소와 달랐습니다. 금액이 이상했습니다. 오빠 통장에도 평소 금액과 다른 42,500원으로 찍혔습니다. 일단 센터로 다시 들어갔습니다.

사람들이 웅성거렸습니다. 궁금했습니다. 가까이 다가갔지요. 다들 평소와 다르게 찍힌 돈에 대해 말하는 것 같았습니다. 시고모님을 찾았습니다. 외부에 계신 시고모님에게 얼른 와 보셔야 할 것 같다고 말씀드렸습니다. 시고모님은 걱정하지 말라고 했습니다. 그다음 날도 통장에는 확 줄어든 금액이 찍혔습니다. 씁쓸했습니다. 시어머님 돈을 먼저 갚을 걸 하는 후회도 했고요.

2008년. 우려했던 일이 터지고 말았습니다. 투자 회사 대표가 투자금을 가지고 날랐다고 합니다. 시어머니 돈도, 친정집 돈도 모두 흔적도 없이 사라졌습니다. 다리에 힘이 풀리고 등에선 식은땀이 흘렀습니다. 앞이 흐려졌습니다. 센터는 아수라장이었습니다. 여기저기서 고성이 터져 나왔고, 상위 스폰서를 붙잡고 원망하거나 가슴을 치며 통곡하는 이들로 가득했습니다. 머릿속이 하얬습니다. 뭘 어떻게 해야 할지 몰랐습니다. 시어머님 돈이야 시고모님이 해결하실 테지만 친정은 달랐습니다. 당장 작은오빠가 금액이 다르다며 따졌습니다. 회사에 투자금 회수 관련 전산 문제가 생긴 거라고 잠시 오빠를 속였습니다.

잘나가던 일을 내 발로 차버린 결과는 참담했습니다. 돈 쉽게 벌겠다는 욕심에 뛰어들었다가, 인생 한 방에 날려버렸습니다. 1억 3천5백만 원이라는 빚이 고스란히 남겨졌습니다. 쫄딱 망했습니다. 시고모님을 원망했습니다. 속으로 탓했습니다. 내가 할 수 있는 일이 없었습니다. 시계추마냥 왔다 갔다 했습니다. 시고모님은 여기저기 수소문을 하는 듯 보였습니다. 당장 급한 건 시어머니에게 매달 드려야 할 이자 135만 원이었습니다. 처음엔 현금서비스를 받아 드렸습니다. 눈덩이처럼 불어났습니다. 대책이 생각나지 않았습니다. 이자를 감당하기 위해 머리 조아리며 B 대행사에 재입사했습니다.

노력이라는 계단을 건너뛴 대가는 생각보다 혹독했습니다. 매출 최고 기록을 달성했을 때의 나는 '쉽게 벌 수 있다.'는 유혹과 자만에 일을 그르쳤습니다. 한 방에 날아간 30대와 40대. 아무도 내 삶을 책임져주지 않는다는 사실을 깨달았습니다. 지옥 같은 현장으로 다시 돌아왔습니다. 세상에 쉽게 얻어지는 건 없지요. 뻔한 진리를 거스른 나는 처음부터 탑을 쌓아야 했습니다. 바닥으로 내려가 첫 번째 계단에 발을 내딛었습니다. 무너지지 않는 진짜 인생을 만드는 유일한 길은, 무엇이든 계단 하나부터 시작입니다.

마음을 청소할 수만 있다면

현관 앞이 거슬렸습니다. 쿠팡, 예스24, 교보, 한진 택배 등 박스란 박스는 모두 우리 집에 모여 있는 것 같았습니다. 지금의 내 마음을 대변이라도 하는 듯합니다. 치워야지 하면서도 선뜻 손이 가지 않았습니다. 쭉 쌓아놨습니다. 머릿속이 복잡하니 일이 손에 잡히지도 않습니다. 뭘 할 때마다 투덜거렸습니다. 퇴근한 남편이 현관을 보더니 잔소리를 하는군요. 한 귀로 흘려보냈습니다. 보이는 사람이 치워주면 안 되나? 자기는 치우지도 않으면서 뭐라고 한다고 구시렁거렸습니다. 마음 청소가 필요했습니다.

할 일은 가득한데 꼼짝하기 싫은 이유는 뭘까요? 깨끗이 치워야 한다는 건 알지만, 몸이 말을 듣지 않습니다. 거실과 현관을 보기만 해도 어지럽습니다. 정리정돈이 되지 않으니, 마음만 심란합니다. 누군가 대신 청소를 해줬으면 좋겠습니다.

자꾸 눕고만 싶습니다. 몸이 고장 난 걸까요. 침대에 잠깐 누웠습니다. 눈을 감았습니다. 잠은 오지 않았습니다.

"야! 친구. 집 청소할 때 됐지? 나 수요일에 네 집 간다. 준비해." 친구의 말이 환청이 되어 되돌아옵니다. 정리정돈 젬병입니다. 청소는 더더군다나 하지 못합니다. 그동안은 친구 홍숙이가 청소해 줬습니다. 집이 깨끗해지면 남편은 으레 "홍숙 씨 왔다 갔나 봐. 집이 깔끔하네."라고 말합니다.
"이제 홍숙이 못 와. 서울서 여기가 어디라고 오겠어. 또 개도 일하는데 어찌 와. 내가 했어."라고 대꾸했지요.

몸을 일으켜 움직였습니다. 우선 현관과 베란다를 치우기로 했습니다. 거슬렸거든요. 해줄 사람도 없는데 헛된 기대를 품고 있었던 내 자신이 기가 찼어요. 베란다에 있는 플라스틱, 스티로폼, 비닐 등 분리수거함을 비웠습니다. 꽤 많더라고요. 현관 앞으로 가지고 와 쭉 세웠습니다. 주방 앞에 음식물 쓰레기도 챙겼습니다. 흐르지 않도록 비닐봉지에 한 번 더 넣었습니다. 마지막으로 현관 앞을 지키고 있던 각종 박스를 정리했습니다. 현관 앞을 깨끗이 해야 복이 들어온다는 말이 있습니다. 지저분한 것들이 차지하고 있었으니 오던 복도 놀라 도망가고 머릿속도 복잡했나 봅니다. 이제 아파트 쓰레기 수거장으로 옮기는 일만 남았네요. 서너 번은 왔다 갔다 해야 할 듯합니다.

가벼운 비닐과 플라스틱, 스티로폼을 먼저 손에 들었습니다. 엘리베이터에 실었죠. 3층이라 다행입니다. 1층 현관문을 나섰습니다. 겨울바람 매섭습니다. 3일 만에 밖으로 나온 것 같은데 이렇게 바람이 찰 줄 몰랐습니다. 종종걸음으로 쓰레기 수거장으로 갔습니다. 와우! 이곳은 더 정신이 없습니다. 오늘이 월요일인데 웬일일까요. 항상 깔끔하게 유지하고 있어서 이 아파트 관리하시는 분들은 참 부지런하구나, 생각했었거든요. 오늘은 쓰레기양이 어마어마하네요. 각 해당 자리에 놓았습니다. 돌아오면서 남편의 말이 떠올랐습니다. 밖에서 치열하게 일하고 돌아왔는데, 쉴 곳조차 어지러우니 오죽했을까 싶었습니다. 바람이 훅 가슴을 때리는 듯했습니다. 퉁퉁거렸던 내 반응에 남편도 좋진 않았겠다는 생각이 들었지요. 미안하더라고요. 나도 할 일 없이 노는 건 아니지만, 남편보다는 편안하게 일하고 있으니까요. 아무래도 밖에서 일하고 돌아오면 깔끔한 집에서 쉬고 싶은 게 사람 마음일 테니까요.

　이번에는 일반 쓰레기와 음식물 쓰레기를 옮길 차례입니다. 젤 버리기 싫죠. 각종 오물들이 모두 들어 있고 음식물은 냄새까지 나니까 말이죠. 엘리베이터 타기가 미안해서 계단을 이용했습니다. 금방 후회했습니다. 보는 사람도 없는데 왜 미안해했을까요. 엘리베이터 비용도 다 내고 있는데 말입니다. 별걱정을 다 한다며 또 구시렁거렸습니다. 꽤 무겁네요. 손도 시리고 아파트 앞 정자를 지날 때면 강풍이 불어 내 몸까지 흔들렸습니다. 여지없이 내 입에서는 "아오씨!" 욕이 튀어나왔습니다. 그래도 어쩝니까. 오늘 하지 않으면 하기 싫어질 텐데요. 꾸역꾸역 쓰레기 수기장까지 갔습니다. 음식물 쓰레기를 버릴 때면 절로 미간이 찌푸려집니다. 구역질이 날 만큼 고약한 냄새를 견디며 한 걸음 옮길 때마다, 신기하게도 복잡했던 머릿속은 비워져 갔습니다. 첫 번째 쓰레기를 버릴 때와 두 번째 쓰레기를 버릴 때의 마음도 달라지네요. 나도 모르게 이제 두 번만 더 왔다 갔다 하면 돼. 힘을 내. 하고 나 자신에게 힘을 주더라는 거지요. 아파트 앞 엘리베이터 앞에 왔을 때입니다. 1학년처럼 보이는 남자아이와 보호자인 듯한 여자가 함께 탔습니다. 나는 3층 그쪽은 10층. 막 출발하려던 참에 남자아이가 물었습니다. 왜 3층과 10층에 불이 들어와 있어? 여자가 퉁명스럽게 여기 우리 둘만 탄 거 아니잖아. 안 보여? 라고 말하는 거예요. 남자아이는 말이 없었습니다. 나 또한 민망해 얼른 내렸습니다.

이제 마지막입니다. 박스를 정리해서 들고 나가기 편하게 묶었습니다. 양이 상당했습니다. 쿠팡이건, 인터넷 서점이건 시킬 때는 편하고 빠르게 시킵니다. 뒤처리 바로바로 하지 않으면 오늘 같은 상황 벌어집니다. 내가 해 놓고 화를 냅니다. 매사 구시렁거리지요. "이그, 미친 거지 내가. 어쩌자고 이리 많이 시켰나. 정신 차려라. 김미예." 세 번째, 지쳤습니다. 쓰레기 수거장이 십 리 길도 아닌데 왜 그리 멀게 느껴지는지요. 중간중간 박스를 내려놓고 한숨을 쉬었습니다. 박스 더미에 가져온 것들을 던졌습니다. 힘이 부족했는지 중간에서 툭 떨어지네요. 들어서 다시 던지는 것도 귀찮았습니다. 그래도 남이 볼까 두려워 다시 박스 모아놓은 곳에 올려놓았습니다. 이번엔 성공. 홀가분했습니다. 들어가서 바닥 정리만 하면 되니까요. 묵은 때를 벗은 것처럼 가벼워졌습니다.

  사람들은 내게 웃는 모습이 예쁘다고 한다

처음 쓰레기 버리러 나올 때는 이걸 왜 나만 해야 하나 싫었는데 치우고 나니 개운합니다. 누군가 내 일을 대신해주지는 않습니다. 이왕 할 거 기분 좋게 하는 연습이 필요하겠습니다. 이참에 바람도 한 번 쐬고 좋지 않습니까. 숨 한 번 크게 쉬고 다음 스텝을 밟아보는 거지요.

현관의 박스 더미는 곧 내 마음의 무게였습니다. 욕심과 투덜거림을 함께 내던져 버렸습니다. 음식물 쓰레기는 내 안의 부정적인 감정을 씻어냈고요. 코끝을 때리는 찬바람이 그제야 상쾌하게 느껴졌습니다. 몸을 움직여 직접 치우니 꼬여 있던 생각의 타래도 비로소 풀리기 시작했습니다. 깔끔하게 치운 자리에 복이 깃들겠지요. 마음 청소 덕분에 나의 다음 계절인 봄을 향해 한 발 내디뎌 봅니다.

제 2장

내 삶은 무슨 의미가 있을까

귀가 아플수록 돈을 버는 여자

저는 종일 통화합니다. 딸들은 "엄마! 통화 좀 그만해. 무슨 통화를 그렇게 오래 해. 우리 안 보여?" 핀잔 섞인 말로 내 기분을 상하게 합니다.

"내가 지금 노니? 일하는 거잖아. 엄마는 사람들하고 통화해야 돈 버는 사람이야. 알지도 못하면서 그래. 나도 조용히 있고 싶지. 누가 종일 귀 아프게 말하고 싶은 줄 알아?"

순식간에 집안은 냉기가 흐릅니다. 아차 싶지만 이미 엎질러진 물입니다.

프리랜서로 집에서 일합니다. 부동산 광고대행사 21년 차입니다. 작가로 유튜브 운영자로 다양한 일을 합니다. 공인중개사와는 온라인 매물 광고 관련 6개월간 광고 계약 건을 따냅니다. 계약 건에 따라 수수료를 받습니다. 하루 평균

100여 통, 적을 때는 70여 통 통화합니다. 가망고객을 체크하고 계약 건으로 끌어내야 다음 달 버티는 힘이 생기는 직업이지요. 이후로 계약기간이 돌아올 때까지 모든 A/S 관련 피드백 드립니다. 총 여섯 개 대행사와 일합니다. 다양한 사람과 전화 상담 및 업무 관련 통화도 하고요. 기타 다양한 매체사에 대한 피드백과 영업 관리도 합니다. 함께하는 대행사와도 유대관계를 이어갑니다. 이 중 한 개, M 대행사와 위촉 계약이 끝났습니다. 대행사에서 내건 조건에서 기준 미달로 재계약을 하지 않겠다고 통보받았습니다. 지금까지의 내 계약 건을 대행사에서 관리하겠다고 합니다. 부당한 대우에 대해 싸워 보지도 못했습니다. 갑과 을의 관계를 벗어나지 못했습니다. 나에게 관리 받던 고객에게서 전화가 왔습니다. "팀장님과 계약을 다시 하고 싶은데 어떻게 해야 하나요?" 현재로는 다른 정보사와 계약을 하거나 아니면 2개월 기다렸다 할 수 있다고 전했습니다. 대행사 규칙이 그렇다고 안내해 드릴 수밖에 없었습니다. 이 무슨 경우냐. 내가 이 사람과 하고 싶다는데 못한다는 게 말이 되냐. 고객들은 불만이 쌓여갔습니다. 그에 따른 스트레스를 받고 있었습니다. 어떻게 하면 나와 그들 간의 문제를 해결할 수 있을까. 여러 가지 가능성을 찾아 좋은 방법으로 그들에게 제안을 해드려야 하는 상황입니다.

또 작가, [주앤미 우베셀] 유튜브 공동 운영자, 강사로도 활동합니다. 통화하지 않고 조용히 지내는 것이 이상할 정도지요. 유튜브 촬영 인원의 일정 관련 수시로 통화를 합니다. 서로 간 스케줄을 조정해야 하기에 전화 통화는 필수입니다. 귀가 아플 정도입니다. 어떤 날은 쉬고 싶을 때도 많습니다. 쉬는 날 특별하게 없습니다. 아이들하고도 놀아주고 싶지만, 프리랜서는 마냥 쉴 수 있는 입장이 되지 못합니다. 내가 뛰는 만큼 소득이 정해지기 때문이지요.

일에 미친 사람처럼 내 일만 생각하다 보니 아이들의 마음을 다독일 생각을 하지 못했습니다. 소홀했기에 서운해 하는 게 맞을지 모르겠습니다. 그런데요. 마음이 편치 않으니 아이들 이야기가 곱게 들리지 않더라고요. 삐걱거리는 마음의 소리가 금방 사그라들 것 같지는 않았습니다. 한 시간 정도 시간이 흘렀을까요? 셋째가 방문을 조심스레 열고 나오더니 눈치를 봅니다. 그마저도 밉상으로 보였습니다. 나도 모르게 "왜?"라며 날카롭게 말했습니다. 지효는 "아니, 엄마 일 다

끝난 건지 궁금해서!” 하더니 방으로 들어갑니다. 다른 사람들에게는 친절하게 하면서 왜 자식에게는 퉁명스럽게 곱지 않게 말하는지 나도 참 말문이 막혔습니다.

닫힌 방문으로 눈길을 돌렸지요. 엄마만 오매불망하던 지효. 속상했겠다 싶었습니다. 책상에 앉아 고민했습니다. 잠시 일어났어요. 빼꼼 문을 열었지요. 의자에 비스듬히 앉아 심각한 표정을 하고 있었습니다. 지효 뭐해? 상냥하게 물었죠. 아무것도 안 해. 왜. 잔뜩 뾰로통해 있네요. 엄마가 미안해. 엄마가 중요한 사람하고 통화하고 있는데 지효가 그러니까 순간 엄마도 화가 나서 그랬지. 알았어. 나가. 나 혼자 있을래. 지지배. 문을 닫고 나오는 데도 마음이 편치 않습니다.

일단 다시 내 자리로 돌아와 앉았습니다. 이내 또 전화가 왔습니다. 재계약 기간이 된 광고주였습니다. 기존의 광고 계약 건을 확인시켜 드리고 새로운 계약 사항에 대해 안내드렸습니다. 혜택이 많은 곳을 추천해 달라고 하더군요. 두 곳 정도 광고주에게 도움이 될 만한 사이트를 소개해 드렸습니다. 광고주가 직접 선택할 수 있도록 기회를 드렸지요. 그래야 자신의 판단이 ‘옳았다, 그렇지 않았다.’를 판단할 수 있기에 조언만 해드렸습니다. 하루이틀 고민해 보겠다고 하더군요. 아직 기간이 남아 있으니 그러라 했습니다. 억지로 되지 않거든요. 그전에는 내 이득을 위해 설득했습니다. "이 정보사 제품이 좋으니 꼭 이 상품으로 하세요."라고 권했습니다. 지금은요. "최근 정보사의 상품은요. 다양합니다. 이는 이런 점이 장점이고, 요 부분은 단점이 될 수 있습니다. 그러니 한번 더 고민해 보시고 결정하시는 것이 어떠세요?"라고 광고주가 직접 선택할 수 있게 권한 부여를 해줍니다.

나와 같은 영업사원은 세상에 널려 있습니다. 저마다 자신의 장점을 어필하며 광고주의 눈과 귀를 자신의 편으로 만들기 위해 노력하지요. 할 수만 있다면 온갖 혜택과 자신의 수당을 포기하면서까지 계약 건에 목숨을 겁니다. 나 또한 광고주가 나를 선택해 주기를 바라지요. 21년 차가 되니 광고주의 분위기를 보면 어느 정도 파악이 됩니다. 나와 인연이 되든 되지 않든 계약하실 광고주에게 혜택이 되기를 바라는 마음으로 대합니다. 욕심은 좋지 않은 결과를 가져온다는 사실을 경험으로 알게 되었거든요.

엄마로서 아이들에게 좋은 점수를 받지는 못합니다. 다만 엄마가 일하는 사람이고, 치열하게 할 일을 하는 사람이라는 사실을 아이들이 알아주기를 바랄 뿐입니다.

종일 다양한 사람들과 통화를 합니다. 그게 지금의 내 일이기도 하고요. 그들과 통화하면서 일과 자신이 안고 있는 문제에 대한 이야기를 자연스럽게 나누고 듣습니다. 특별한 사람 없고요. 우리네 사는 인생 비슷비슷 합니다. 다른 사람의 이야기 듣는 걸 싫어했습니다. 관심도 없었고요. 상담하면서 사람들이 가지고 있는 생각과 문제에 귀 기울이기 시작하면서 그들의 고민을 해결해 주고 싶다는 생각을 하게 되었습니다. 상담 일지를 기록하고 진심을 다해 들어줍니다. 그리고 도움이 될 수 있는 방법을 같이 찾아보기도 합니다. 전화기 너머로 들리는 거절과 불만, 두려움, 도움 요청 등을 집하면서 그들의 애로사항을 함께 풀기 위해 노력합니다.

귀가 아플 때는 잠시 수화기를 귀에서 떼고 걸러 듣습니다. 광고주의 거절을 사실은 좀 더 많은 혜택을 제시해달라는 신호로 받아들이고 그들에게 도움이 되는 부분을 찾아보기도 합니다.

듣는 귀는 내게 기다림과 불만을 내려놓을 수 있는 기회의

장으로 발전했고요. 든든한 방패가 되었습니다. 일에서 당당한 엄마가 아이들에게도 좋은 영향을 줄 수 있다고 믿습니다. 통증의 크기만큼 내 삶은 더 단단하고 가치 있게 여물어갈 것을 알기 때문입니다.

오늘은 또 어찌 버텨야 하나

새벽 4시 30분. 알람이 울립니다. 못 들은 척했습니다. 남편이 출근하는 시간입니다. 남편의 스마트폰에서 울리는 알람과 내 스마트폰 알람. 또 하나 건넌방에서 자는 둘째 지유의 알람이 동시에 내 귀를 따갑게 합니다. 남편이 현관문을 열고 나갑니다. 현관문 닫히는 소리와 동시에 짜증 섞인 목소리로 지유를 다그칩니다.

"알람 좀 꺼라. 너 진짜 죽을래. 일어나지도 않으면서 알람을 왜 맞추는 거야. 빨리 꺼."

중3 둘째. 내 말을 들을 리 없지요. 어기적거리며 일어나 지유의 등짝을 한 대 때리고 나서야 알람을 껐습니다. 도로 이불속으로 기어들어 갑니다. 가슴 한구석이 묵직합니다. 체한 것 같지요. 어제 다 끝내지 못한 광고주와의 피드백, 다가오는 카드 대금, 메일함에 쌓여 있는 각종 서류, 끝내지 못한 초고 등 걱정거리가 파노라마처럼 스쳐 지나갑니다. 이불을 걷어차고 일어날 기운조차 없는 새벽. 나도 모르게 입술 사이로 한숨이 새어 나왔습니다.

"휴, 오늘은 또 어찌 버텨야 하나." 세상의 무거운 짐을 모두 짊어진 느낌. 당장이라도 도망치고 싶습니다. 근데 도망칠 곳이 없네요. 화장실에 가고 싶어 억지로 일어났습니다. '웃는 모습이 예쁘다.'라는 사람들의 말이 무색할 만큼 거울 속에 비친 내 모습은 푸석푸석하고 지쳐 있습니다. 50대 중년의 아줌마가 꼴사납게 서 있는 모습이란. 눈을 감은 채로 양치질했습니다. 정신을 차려봐야 할 것 같았으니까요. 대충 입안을 헹궜습니다. 주방으로 갔지요. 따뜻한 물을 마시면 좀 낫다고 해서 텀블러에 죽염 약간 넣고 따뜻한 물을 받았습니다. 한잔 마셨습니다. 거실을 한 번 빙 둘러봤습니다. 거실 바닥이 엉망이었습니다. 어느새 쌓인 택배 상자, 아이들의 수면 양말 한 짝, 다 먹고 치우지 않은 우유 컵, 널브러져 있는 행거 등 두 번째 한숨이 새어 나왔습니다. 평소라면 무심히 치웠을 것들. 오늘따라 왜 이리도 보기 싫을까요. 마음이 불편하기 때문일까요. 눈에 보이는 모든 것이 거슬립니다. 시계를 보았습니다. 5시 30분. 아이들이 일어나기 전 뭐

   사람들은 내게 웃는 모습이 예쁘다고 한다

라도 생산적인 일을 할 수 있는 시간입니다. 꼼짝하기 싫네요. 초긍정의 나는 온데간데없고 엽전 눈을 하고 단점만 보고 있는 내가 마음에 들지 않았습니다. 이렇게 부정적인 감정과 씨름하는 동안 거실 사이로 해가 비칩니다. 둘째와 셋째를 깨워야 하고, 등교 준비를 도울 시간입니다. 아이들 모두 학교에 가고 나면 거실 한편으로 출근합니다. 내 일터인 책상 앞으로 돌아와 의자에 앉습니다.

"자유로운 직업이라 편안하고 좋지요?"

프리랜서입니다. 남들이 알고 있는 프리랜서의 삶은 '자유롭다'입니다. 그 수식어 뒤에는 무서운 전제가 붙습니다. 자신의 일에 끝까지 책임져야 하며, 끊임없이 스스로를 채찍질해야 한다는 사실 말입니다. 부동산 광고대행사 21년 차 경력은 사람들로 하여금 베테랑이라 불립니다. 또 다른 전제가 붙지요. '실수해서는 안 된다.'라는 압박감을 함께 줍니다. 아침 8시 50분. 스마트폰이 울리네요. 아직 업무시간 전인데 말입니다. 문자도 동시에 옵니다. 성격 급한 광고주입니다.

"팀장님, 어제 보낸 매물 광고 수정 건 확인하셨나요? 급해서요. 곧 나가봐야 하거든요."

'아, 뭐였지?' 갑자기 기억나지 않습니다. 상담 일지를 봤습니다. 없었습니다. 메모를 안 한 건가? 내가 미치지 않고서야. 빠트릴 리가 없는데. 혹시 연습장 한 귀퉁이에 했는지 싶어 흩어진 메모지를 찾았습니다. 카톡 문자도 확인했습니다. 여기 있네요. 미쳐. 검증센터 업무 전이라 확인 후 회신이 가능한 건이라 말씀드렸는데 급한 나머지 잊었나 봅니다. 카톡으로 안내드렸습니다. 오전 9시 30분 이후 회신 드리겠다고. 잠깐 자리에서 일어났습니다. 스마트폰이 또 울립니다. 나도 모르게 실눈을 뜨고 봤습니다. 받았죠. "매니저님! 급해서 전화했습니다. 지난번 매물 노출이 되지 않던 문제 해결되었나요? 매물 등록하는 데 사진 등록이 또 말썽입니다. 이거 불편해서 쓰겠습니까?" 안 된다는 하소연들. 기운을 쪽 뺍니다. 김치찌개를 데우기 위해 가스 불을 켜놓았다는 사실을 잊고 있었습니다. 오늘 아침은 건너뛰어야 할 듯합니다. 까맣게 탄 냄비를 싱크대에 놓고 어이없게 바라봤습니다. 매캐한 탄내 속에서 생각했죠. 광고주의 급한 불은 꺼주면서, 정작 내 삶은 이토록 까맣게 타들어 가도록 방치하고 있었다는 사실을요. 무능한 내가 와! 한심스럽습니다. 그새 잊고 있다니. 온전한 '나'로 존재하는 시간은 어디에 있을까요. 속 시끄럽습니다. 정신없는 시작으로 일거리까지 만든 내가 서글퍼집니다. 아이들을 학교에 보내고 기분 좋게 시작하려던 내 하루는 엉망이 되었습니다.

숨을 고르며 오늘 할 일을 체크해야 했습니다. 여섯 개 대행사의 계약 건, 검증센터 처리 건, 유튜브 촬영 시간 체크, 초고까지. 해야 할 일들이 빼곡히 적힌 탁상 달력을 보았습니다. '김미예, 이 일 모두 오늘 할 수 있는 거 맞지?' 스스로 질문해 봅니다. 해야 하니까요.

오늘도 '버티는 힘' 나를 일으켜 세울 수 있는 건 스스로 중얼거리며 되묻는 겁니다. 지난 세월 동안 내가 배운 것은 살아남기 위해 하루를 끝까지 살아냈다는 사실입니다. 근 성공은 아니지만 일에 있어서만큼은 험난한 광고대행사에서 버티고 있었기에 그나마 오늘까지 일을 할 수 있었습니다. 귀가 아플 정도로 통화를 하고, 눈이 침침해질 때까지 모니터를 응시하면서 지켜온 건 무식하게 한 우물을 판 덕분입니다. '지나갈 거야.'라는 막연함보다는 '오늘 내가 할 수 있는 일은 끝내자.'였습니다.

거실 창을 통해 햇빛이 잠깐 비추는데요. 베란다 문을 열고 잠깐 열기를 식혔습니다. 내가 살고 있는 아파트는 조용합니다. 특이한 건 서로 마주치면 먼저 인사를 합니다. "안녕하세요? 몇 층 사세요?" 어색할 만도 한데 인사를 합니다. 그게 좋았습니다. 놀이터는 더 조용합니다. 아직은 아이들이 올 시간이 아니거든요. 신선한 공기를 쐬니 한결 낫습니다.

오후 3시 반, 셋째가 현관문을 열고 들어옵니다. "엄마, 나 배고파!" 정신을 차려 봅니다. 오늘은 또 어찌 버티나 생각했던 아침과는 다르게 현실로 돌아옵니다. 아이 간식과 저녁 메뉴를 고민하는 엄마의 일상으로 바뀝니다. 냉장고를 열고, 떡볶이 밀키트를 꺼냅니다. 냄비에 물을 붓고, 떡과 오뎅, 양념을 넣습니다. 들기름 살짝 두르고 주걱으로 저어줍니다. 떡볶이가 다 되어갈 무렵 스마트폰이 울립니다. 잠깐 불 끄고 광고주에게 응대를 합니다. 일상이지요. 지효와 떡볶이를 먹으면서 간단하게 오늘 있었던 일에 대해 이야기를 나눕니다.

매일 기적을 바라며 살아갑니다. 하늘에서 돈다발이라도 떨어졌으면 좋겠다는 허황된 생각을 하기도 합니다. 살아보니 기적은요, 오늘 아침 눈을 뜰 수 있다는 사실이고요. 가족에게 따뜻한 한 끼를 차려 줄 수 있는 시간, 평범하게 할 일을 하는 반복된 삶 속에 있는 게 아닌가 합니다. '어찌 버텨야 하나?’ 고민할 게 아니고요. 눈을 뜰 수 있어서 감사하다고 말할 수 있어야 하겠습니다.

하루가 저물어 갑니다. 남편 올 시간 되었네요. 아침의 푸석한 얼굴보다 조금은 생기 있어 보이려고 립스틱을 발랐습니다. 현관문 소리에 “오셨어요?” 뛰어나가 남편을 맞이했습니다.

“오빠! 오늘도 수고했어요. 고마워? 최고야!” 남편을 향해 웃어줍니다.

불현듯 찾아온 불청객, 갱년기

아산에서의 생활은 새로웠습니다. 2년째 되어갑니다. 오십 중반으로 다가서고 있지요. 인생 시계로는 여름을 지나 가을로 접어든다고 합니다. 아직 봄이고 싶고, 여름이 되고 싶은데, 가을이라 하니 마음이 무겁습니다. 21년 차 광고대행사 매니저로, 세 아이의 엄마로, 작가로, 유튜버로 쉼 없이 달려왔네요. 몸이 신호를 보내는 것도 무시한 채 일만 하다 보니 브레이크가 걸렸습니다. '갱년기'라네요. 오지 않을 줄 알았습니다. '내가 무슨 갱년기야.'라고 말이지요.

어깨 통증이 생겼습니다. 직업병이라 생각했죠. 대수롭지 않게 여겼습니다. 모니터를 보며 하루 100통이 넘는 통화를 했으니까요. 종일 마우스 붙들고 한 쪽 귀는 스마트폰을 들고 있었으니 아프지 않은 게 이상하지요. 처음엔 그냥 넘겼습니다. 시간이 갈수록 기분이 썩 좋지는 않았습니다. 팔을 들어 올릴 때마다 뚝뚝 하는 소리가 들렸습니다. 특히 왼팔이 콕콕 쑤시면서 아팠습니다. 잠을 잘 때도 어깨가 눌리면 불편해서 잠을 자지 못했습니다. 그것도 모자라 시도 때도 없이 얼굴이 붉게 달아올랐습니다. 광고주와 통화 중에도, 아이들과 이야기 나눌 때도 화가 난 것처럼 붉으락푸르락했습니다. 심장은 이유 없이 두근거렸습니다.

인터넷을 찾아봤습니다. AI에게도 물어봤지요. 친구가 말했던 "야! 너 그거 갱년기야!" 기분 나쁘게만 들을 일이 아니었습니다. 치료가 필요하다면 해야 하는 상황이었어요. 내가 찾아본 갱년기 증상은 이랬습니다.

첫째, 에스트로겐 수치의 급격한 저하로 뇌의 시상하부(Hypothalamus)에 영향을 미치는데, 시상하부는 우리 몸의 '체온 조절 중추' 역할을 합니다. 호르몬이 부족해지면 아주 작은 온도 변화에도 민감하게 반응하며, 몸이 덥지 않은데도 '덥다'라고 착각하고 혈관을 확장시킵니다. 안면 홍조의 원인이 되기도 합니다. 또 '오십견'이라 불리는 유착성 관절낭염이 이 시기에 유독 많이 발생하는데요. 여성호르몬 결핍으로 인해 어깨 관절 주위의 신축성이 떨어지기 때문입니다.

둘째, 에스트로겐은 피부의 콜라겐(Collagen) 합성을 촉진하고 수분을 유지하는 천연보습인자를 조절하는데요. 폐경 이행기 초기 5년 동안 피부 콜라겐의 약 30%가 급격히 감소한다는 연구 결과가 있습니다. 콜라겐이 줄어들면 피부 장벽이 얇아지고, 수분이 증발하여 극심한 건조증이 발생합니다. 보호막이 사라진 피부가 작은 자극에도 염증 반응을 일으켜 피부 노화의 통증으로 가려움증을 유발합니다.

셋째, 여성호르몬은 면역 세포(T세포, B세포 등)의 활동을 조절하는 역할도 합니다. 호르몬 불균형이 오면 면역 체계가 과도하게 예민해지거나 반대로 급격히 약해집니다. 온몸의 가려움증은 체내 염증성 사이토카인(Cytokine) 분비가 늘어나며 발생하는 전신 염증 반응으로 면역 체계에 영향을 줍니다.

지식은 이토록 명확한데, 내 마음은 왜 이리 서러운지. 글을 쓰는 지금도 가려워서 멈칫멈칫했습니다. 가만히 있다가도 어디 한 군데 긁으면 온몸이 가려움으로 정신을 차릴 수가 없습니다. 처음엔 온양은 온천이 유명하다던데 물을 갈아먹어 가려운가 생각했었습니다. 아니었습니다. 2019년도 스트레스로 인한 대상포진이 원인이었습니다. 남편은 코로

나 백신 후유증이 아닌가 의심된다고 말합니다. 제때 치료하지 않아 염증으로 나타난 겁니다. 밤마다 아니, 일하는 중간중간에도 가려워 미칩니다. 결국 상처에 또 손을 댑니다. 딱지와 염증이 뒤엉킨 살갗은 그동안 내가 방치한 세월의 지도 같았습니다. 좋다는 연고, 스테로이드제가 들어있는 크림을 번갈아 가며 발랐습니다. 안타깝게도 그때뿐 가려움증은 해소되지 않았습니다. 피부과를 찾아간 적 있는데요. 단순한 아토피라고만 했습니다. 피부과 의사의 말이 믿음이 가지 않았습니다. 내게 필요했던 건, 의사의 전문적인 지식이 아니라 '얼마나 아팠냐.'라는 위로의 한마디였나 봅니다. 민간요법을 찾아봤습니다. 염증을 치료하는 것이 중요하다는 말도 들었습니다. 청국장 기루가 염증과 임에 좋다고 하어 먹어 봤고요. 아홉 번 구운 죽염이 염증 잡는 데는 최고라고 하여 구매해서 먹고 있습니다. 스트레스나 충분한 수면, 음식 조절 등이 문제라고 이야기해주는 사람도 있습니다. 근데요. 너무 아프고 가려우니 그런 말들이 잘 들리지 않습니다. 왜 내게 '불청객'이라는 게 왔을까. 억울했습니다. 여기저기 난 상처를 볼 때마다 혐오스러웠습니다. 조금 타이트한 바지를 입을 경우 상처가 쓸려 피가 새어 나왔습니다. 나도 모르게 위축되었지요. 자신감 떨어졌습니다. 침대 시트에 묻은 핏자국을 보니 내가 보였습니다. 그간 다른 사람을 위해, 아이들을 위해, 남편을 위해, 나 아닌 타인에게 잘하려고만 했다는 걸 깨달았습니다. 남들에게 잘 보이기 위해, '성실'과 '책임감' 있는 사람으로 불리기 위해 내 몸을 혹사한 건 아닌지 반성했습니다. 측은하다는 생각 들었습니다.

갱년기를 인생의 '퇴장 신호'라고 들었습니다. 그래서 '갱년기'라는 말만 들어도 싫었던 모양입니다. 아직 살고 싶습니다. 살아야겠습니다. 바꾸겠습니다. 내게 온 '몸의 사춘기'를 인생 2막을 위한 '리허설'이라 이름 붙이려 합니다. 몸에 생긴 염증과 상처는 병이 아니었습니다. 이제는 남이 아닌 '나'를 먼저 돌보라는 몸의 가장 정직한 외침이었습니다. 상처 난 곳에 연고를 바릅니다. 연고를 바르면 나을 거라는 기대, 내 마음을 달래는 순간이었습니다. 일종의 의식과도 같습니다. 약을 바르면서 중얼거려 봅니다. "미안해. 내가 심했지? 고생했어. 이제 널 먼저 챙길게." 50년 넘게 굳어진 인생입니다. 날 먼저 챙기겠다고 했지만, 또 사람들을 먼저 생각할 수 있습니다. 그래도 이제는 압니다. 내가 편안해야 다른 사람

　사람들은 내게 웃는 모습이 예쁘다고 한다

도 온전히 마음 다해 챙길 수 있다는 사실을요.

혹시 나와 같이 불현듯 찾아온 신체적 변화에 당혹스러운 경험을 한 분 계시겠지요? 갑자기 아픈 어깨와 안면 홍조, 가려움으로 고생했던 분, 불면증에 시달리고 있는 분들이 이 글을 읽게 된다면 살아온 날들의 가치로 생각해 주시면 좋겠습니다. 각자 세상을 사는 방법이 다르고 순간순간 최선을 다해 헌신했다는 몸의 정직한 기록이라고 말해주고 싶습니다. 자신이 미처 생각하지 못하더라도 몸은 알지요. 그런 나를 꼭 안아 주세요.

불평불만 가득했던 내가, 갱년기로 주저앉을 뻔한 내가, 다시 살고 싶은 이유는요. '인생의 가을'이라는 이름으로 잠시 멈춰 나를 제대로 바라보라는 신호가 아닐까 합니다.

상처로 가득한 내 몸은 여전히 가렵고 아픕니다. 얼굴 홍조 또한 가시지 않았습니다. 어느 순간 발갛게 달아오릅니다. 괜찮습니다. 아니 괜찮다고 말합니다. 한바탕 웃습니다. 몸은 거칠어졌으나 마음은 어느 때보다 단단하고 매끄럽게 다듬어지고 있습니다. 불청객이라 이름 지었던 '갱년기'를 안고 살아갈 수밖에 없다면 인생에서 솔직하게 나를 안아 준 '길동무'로 받아들이려 합니다.

"나이가 좀 많으면 어때, 스펙이 좀 낮으면 어때, 실패하면 좀 어때, 그러면 좀 어때, 이런 마음이 약해질 때마다 나에게 용기를 주거든."

최근 SNS 릴스 영상에서 우연히 마주친 배우 김희애의 중얼거림이 한동안 귓가에 맴돌았습니다. 무심한 듯 툭툭 내뱉는 말들이 내 속에 갈구하던 '허락'이라는 단어가 담겨 있었기 때문입니다. 나는 인정받고 싶었습니다. 칭찬에 목말라했죠.

세 아이를 낳고 키우는 동안 제대로 쉬어 본 적 없습니다. 영웅담처럼 말했습니다. 산후조리 한 번 제대로 하지 못하고 첫애 낳고 19개월 후, 둘째는 일주일 후, 셋째는 3일 후부터 집에서 콜센터 및 영업활동을 했다고 자랑하듯 말하고 다녔죠. "와! 당신 정말 대단해요. 어떻게 그렇게 할 수 있어요? 정말 근사하군요. 칭찬해요!"라는 타인의 한마디가 듣고 싶었을지 모릅니다. 칭찬받고 싶어 안달 난 여자였지요.

셋째를 낳고 집으로 돌아온 지 사흘째 되던 날이 아직도 기억납니다. 배는 훗배앓이의 통증이 있었고, 수면 부족으로 눈꺼풀이 천근만근이었습니다. 일하기 위해 책상 컴퓨터 앞에 앉았습니다. 셋째는 젖을 물려 눕혀 놨지요. 행여 깰까 봐 헤드셋을 끼고 조용히 말문을 열었습니다. 광고주와 통화할 때 내가 낼 수 있는 최고의 친절한 목소리로 응대했습니다. "네, 대표님."이라고 외쳤습니다. 셋째가 깼네요. 유모차에 앉혔습니다. 잠잠해졌습니다. '휴' 숨을 내쉬었습니다. 셋째가 얌전하게 있을 때 계약 하나라도 더 하고 싶었습니다. 다시 통화를 시도했습니다. 상담 일지는 책상 오른쪽 옆에 두고 메모했습니다. 가족을 위해서라고 했지만, 내가 지키고 싶었던 건 '애 셋 키우면서도 일 처리 깔끔하고 완벽한 여자'라는 허울 좋은 이름표였습니다. 그게 필요했습니다. 몸이 고장 나는 것도 모르고 질주했습니다.

인정과 칭찬은 오래가지 않았습니다. 막상 칭찬하면 나는 "어머! 아니에요."라고 손사래를 쳤습니다. 누군가 뒤에서 내 말을 하는 듯하면 금방 의기소침해졌습니다. 내 행복의 리모

컨을 타인에게 쥐여준 셈이었습니다. 그들이 누르는 버튼에 따라 내 세상은 채널이 바뀌듯 울고 웃었습니다.

2019년부터 다양한 자기계발 강의를 듣고 사람들을 만났습니다. 모두에게 인정받고 싶어서 친절한 척했습니다. 무리에 섞이고 싶어 아닌 줄 알면서도 맞다맞다 연신 고개를 끄덕이면서 굽실거리기까지 했습니다. 돌아오는 건 "쟤 뭐야?"였습니다.

꾸준하게 강의 듣고 글을 조금씩 쓰면서 알게 된 진리가 있습니다. 이른바 '3분의 1 법칙'이라고 하는데요. 언제나 나를 좋아하는 사람, 싫어하는 사람, 관심 없는 사람이 3분의 1씩 존재한다는 법칙으로, 모두의 인정을 받으려 애쓰는 대신, 나를 좋아하는 3분의 1에게 집중하고, 나를 싫어하는 3분의 1은 기꺼이 포기하는 것도 지혜입니다. 처음엔 이해되지 않았습니다. 억울했어요. 사람들에게 잘했는데 왜 나를 싫어하죠? 반문하고 싶었죠. 이내 깨달았습니다. 바람이 부는 것을 막을 수 없고요. 타인의 마음을 내가 바꿀 수 없다는 이치를 말입니다. 나를 싫어하든 말든 '그러면 좀 어때!'라고 말할 수 있는 배짱이 생겼습니다. 그때부터였던 거 같아요. 일상

    사람들은 내게 웃는 모습이 예쁘다고 한다

이 편안해졌습니다. 붉으락푸르락했던 내 마음은 평정심을 갖기 시작했죠. 다양한 사람들과 만나고 상담합니다. 광고주나 상대방이 말도 안 되는 고집을 피우거나 우길 때 속으로 중얼거립니다. '그렇구나, 그럴 수도 있지, 그래라 그래.'라고 마음을 진정시킵니다. '3그'는 나를 방어하는 강력한 방패가 되어 주었습니다. '그렇구나.' 수긍하면 싸울 일이 없어지고, '그럴 수도 있지.'라고 이해하면 미워할 일이 줄어듭니다. 마지막으로 '그래라 그래.'라는 말로 상대의 부정이 나를 침범하지 않도록 차단합니다. 상대에게 관대해지기로 한 것은 그들을 사랑해서가 아니었습니다. 상처받기 쉬운 나의 평온을 지키기 위한 선택이었습니다. 주문이라고 해도 괜찮고요.

어찌 불평불만이 없을까요. 누구보다 많았던 사람입니다. 여전히 착한 척하지만, 남의 탓합니다. 속에서 천불이 날 때 많습니다. 그러나 지금은 내 잘못을 인정하는 데 주저하지 않습니다. 광고주와의 통화에서 실수하면 바로 "죄송합니다. 제가 잘못 안내해 드렸습니다. 다시 확인하고 회신드리겠습니다."라고 인정합니다. 반대로 잘한 일 있다면 스스로 칭찬합니다. 낯간지러울 수도 있는데요. "김미예, 너 오늘 쫌 멋지다? 잘했어. 대단해!"

배우 김혜자의 수상 소감이 생각납니다.

"우리는 누릴 자격이 있습니다. 후회만 가득한 과거와 불안한 미래 때문에 지금 이 눈부신 순간을 망치지 말아야 합니다. 조금 부족하면 어떻습니까? 채워 가면 그만인 걸요."

죽는 순간까지 내 손을 잡아 줄 존재는 나뿐이더라고요. 나를 귀하게 대접할 사람도 나여야 합니다. 타인의 시선이라는 목줄을 오래도록 쥐고 있었습니다. 놓고 나니 막혔던 숨통이 트입니다. 진짜 '나'로 돌아온 기분이 들었습니다. 어설프면 좀 어떻습니까. 부족하면 또 어떻습니까. 그냥 하는 겁니다. 무릎 좀 까지면 어때요. 다시 일어나 툭툭 털고 걸어가면 그만인 것을요. 오늘 나는 미팅 나가기 전 윙크하며 말해 줍니다. "그러면 좀 어때. 지금 충분히 잘하고 있는데. 오늘이 제일 눈부시다. 파이팅!" 스스로에게 칭찬의 말을 해주고 일하러 가면 그날은 자신감으로 똘똘 뭉쳐 소기의 목적을 달성하는 날이 많았습니다. 완벽하지 않아도 괜찮습니다. 복잡하게 생각하지 않았으면 좋겠습니다.

왜냐하면요. 세상은 아직 살만하니까요. 관점을 조금만 바

　　사람들은 내게 웃는 모습이 예쁘다고 한다

꾸면 세상을 바라보는 시선이 달라집니다. 뭐 어때요. 넘어지면 다시 일어서면 되고, 실패하면 일찍 와서 다행이다. 툭툭 털고 일어나 '시작' 버튼을 누르면 되고요. 어쩌다 성공하면 축배를 들어 나를 위한 선물을 준비하면 됩니다. 내가 '나'인 것을 자랑스러워한다면 세상 두려울 것 없겠지요.

일단 밥부터 먹고 생각하자

밥을 잘 챙겨 먹지 않습니다. 몰아서 먹을 때 많습니다. 다이어트가 필요하다고 느낄 땐 물만 마실 때도 있습니다. 모든 걸 정리하고 아산으로 내려왔습니다. 친구가 운영하는 마트에서 일하는 남편의 사탕발림에 넘어갔지요.

"내조만 해. 일하지 말고. 하고 싶은 거 다 할 수 있게 해줄게." 약속한다고 했습니다. 믿었지요. 일주일 만에 바뀔 거라고는 생각도 하지 못했습니다. 언제부터 일할 거야? 퇴근하고 온 남편이 툭 치면서 말을 걸었습니다. 내 입에서 해서는 안 될 말이 튀어나왔습니다.

남편은 아무렇지도 않은 듯 "같이 벌어야지! 요새 누가 혼자 벌어. 그게 생활이 돼간? 놀면 뭐 해. 집에서 푹 퍼져 있으면 쉽게 늙어. 그러지 말라는 거잖어." 입맛이 뚝 떨어졌습니다.

또 속은 내가 바보 같다는 생각에 분을 참을 수가 없었습니다. 나도 모르게 볼멘소리로 던졌죠.

"이 사기꾼아! 하고 싶은 거 다 하고 내조만 하라며! 한 달도 아니고 그새 번복하냐? 진짜 어이가 없어서!"

엄마가 아빠한테 하는 말에, 옆에 있던 셋째가 깜짝 놀라거나 말거나 남편에게 퍼부었습니다. 남편도 나를 쳐다보았습니다. 밥도 먹지 않고 씩씩거리며 책상 앞 의자에 앉았지요. 지독하게도 식욕을 앗아갔습니다. 밥 안 먹어. 엄마? 딸의 말은 허공을 가르며 사라졌습니다. "너네나 실컷 먹어!" 마음이 지옥이니 밥상이 눈에 들어올 리 없었습니다.

쉴 수 있게 해주겠다는 남편의 약속은 거짓말이 되었지요. 낯선 시골 생활에 적응할 틈도 없이 다시 일터로 등 떠미는 그의 현실적인 태도 앞에, 25년 세월이 무색하게 배신감으로 밀려왔습니다. 오래된 아파트에 가둬놓고선 일하라니요. 말도 안 된다고 생각했습니다.

만만한 홍숙이에게 전화했습니다.

"야! 그 인간이 말이야. 나보고 돈 벌으란다. 이게 말이 되냐? 자기가 나한테 어떻게 이럴 수 있어?"

되돌아온 말은 "그러게. 누가 가라고 했냐. 안 간다고 했어야지. 이제 어쩔 거야. 다시 와." 하나 마나 한 말을 했습니다. 속이 허했습니다. 애가 탔습니다. 벽산아파트 창밖으로 보이는 하늘조차 답답하게 느껴졌습니다. 물끄러미 하늘을 보았습니다. 햇살은 거실 한복판을 잠깐 비추고 사라집니다. 아무도 내 마음을 몰라주는 것 같아 책상에 앉았다가, 베란다 창문을 열었다가를 반복했습니다.

아주 놀 생각은 아니었습니다만, 굳이 이 시점에서 말하는 남편의 행동이 얄미웠습니다. 아산이라는 곳이 어떤 곳인지 익히면서 일할 생각이었거든요. 내내 남편이 한 말에 신경 쓰느라 내 뱃속을 채우지 못했습니다.

냉장고 문을 열었습니다. 버려야 할 음식과 쓰다 만 재료들이 눈에 띄었습니다. 유통기한이 지난 것도 있네요. 모두 끄집어냈습니다. 뭐라도 해야 했습니다. 싱크대에 모두 올려놓았습니다. 역한 냄새가 났습니다. 비닐에 쌓여 있는 것들을 하나둘 음식물 쓰레기봉투에 담았습니다. '나쁜 놈! 어떻게 그런 말을 쉽게 할 수 있지? 본전 생각나나? 그래도 그렇지 지가 한 말을 어떻게 그리 단박에 뒤집어?' 곱씹을수록 불평불만밖에 달리 할 게 없었습니다. 밖에 나가기 싫은데 음식물 쓰레기 때문에 나가야 했습니다. 아이고, 귀찮아. 한숨이 절로 나왔습니다. '바보! 멍충이. 그걸 믿어? 으이그.' 음식물 쓰레기를 버리러 가면서도 비 맞은 사람처럼 연신 중얼거렸습니다. 놀러 가면 딱 좋을 날씨건만 남편 때문에 기분 망쳤습니다.

음식물을 버리고 오는데요. 이름은 모르겠고 보라색 들꽃이 피어 있는 게 보였습니다. 잠깐 바라보았습니다. 봄인가? 아닌데. 여름으로 생각해야 하나? 서울과 달리 이 아파트는 계절 구분을 못하겠는 거예요. 달력으로는 6월인데 아파트 1층 정자를 지날 때면 바람이 찹니다. 집에서는 아직도 겨울 이불을 덮고 있었지요. 아파트 화단에 핀 보라색 꽃과 6월의 바람 덕분인지 내기 화를 내고 있있다는 걸 잠시 잠깐 잊고 있었습니다. 배도 고팠습니다. 사진 한 장 찍고 집으로 들어왔습니다. 주방 한편에 있는 상 위를 행주로 닦았습니다. 냄비째 먹던 된장찌개를 작은 뚝배기에 덜었습니다. 냉장고에서 김치와 마늘쫑, 두부조림을 접시에 담았습니다. 작은 주발에 밥 한 주걱 퍼서 쏙 들어가게 담았지요. 아무렇게나 먹었던 그동안의 내게 건네는 따뜻한 사과의 의미랄까요. 그럴듯해 보였습니다. 식탁이 있었으면 좋겠다는 생각 들었습니다.

오직 나를 위한 밥상을 차렸습니다. 방석을 깔고 앉았지요. 마음 급해 허겁지겁 삼키던 버릇을 내려놓고, 밥알의 단맛을 나름 음미하면서 천천히 씹었습니다. 베란다 사이로 들려오는 아이들의 소리에 귀도 기울여가며 한 끼를 즐겼습니다.

신혼 초, 남편이 미울 때면 노래방에 가서 시간을 때웠었는데요. 이제는 아이의 마음에서 어른의 눈높이로 태도를 바꿔보기로 했습니다. 25년을 함께 살면 말하지 않아도 알 거라 착각했지만, 실상은 달랐습니다. '그러려니' 하며 덮어둔 세월만큼 대화는 단절되었습니다. 말하지 않는 진심을 상대가 알 턱이 없었습니다. 미워하고 탓하는 마음이 결국 나를 갉아먹는다는 사실을 이제야 깨달았습니다. 미움과 측은지심도 결국 애정이 있어야 생기는 법이지요. 인정합니다. 타인에게 친절하고 정성 다해 마음을 나눠줬었는데요. 내 가족에게 먼저 건네보려 합니다.

나를 위해, 남편을 위해, 딸들을 위해 밥 한 끼 근사하게 대접해야겠습니다. 온기를 느낄 수 있도록 말입니다. 오십에 이른 내 인생, 정갈한 밥상머리에서 시작되게 하면 지금보다 달라지겠지요.

6

인생 실습,
PPT 하나에 담긴 나의 역사

기록하지 않으면 단 하나의 기억도 내 안에 남지 않습니다. 처음부터 다시 시작해야 합니다. 내 역사가 소리 소문 없이 묻히는 거지요. 간혹 메모한 기억 있지만, 따로 정리하지 않아 그마저도 희미합니다. 이제 와 아깝단 생각 듭니다. 수많은 일이 있었을 텐데 생각나지 않습니다. 어제 일조차 가물기릴 때가 많습니다. 믹싱 한 편의 글을 쓰려 해도 쓸 수가 없습니다. 정확한 날짜, 당시 뭐라 했는지 도통 기억이 나지 않는 거지요.

부정적이고 남 탓만 하던 시기. 거실에 카펫 한 장 깔고 누웠습니다. 앞 동 건물이 보이네요. 엑스레이를 찍듯 뒹굴뒹굴했죠. '이제 와 내가 뭘 해. 아우 귀찮아. 그냥 남들처럼 조용히 살지 뭐.' 7월. 더웠습니다. 모처럼 쉬는 날, 하루가 짧지 뭐예요. 나를 위해 외출을 해 볼까? 이내 고개를 저었습니다. 움직이기 싫었습니다. 나가면 돈 쓰고 힘들고 할 걸 나가긴 어딜 나가. 체념했죠.

일에서는 책임감과 성실이라는 별명이 붙을 정도로 철저했습니다. 치열하게 살았죠. 몇 년 만에 가져보는 휴식인지. 쉬는 법조차 잊어버린 모양입니다.

누워서 스마트폰에 올라온 블로그를 뒤적였습니다. 뭘 하나 배우고 싶었습니다. 회사에서 발표할 기회가 생겼습니다. 기계와는 친하지 않아서 PPT를 전혀 만들 줄 몰랐지요. 컴퓨터도 익히는 데만 오래 걸렸습니다. 창피당하기 전에 배우는 게 좋겠다 싶어 이리저리 찾아봤어요. 잘 모르니까 어떻게 찾아야 할지 막막하더라고요. 눈에 힘을 주고 화면을 넘겼습니다. '찾았다!' I캔두쌤의 '세상에 하나밖에 없는 PPT 강의! 파워포인트에 컬러를 입히다.'

원데이 클래스가 뭔진 모르지만 강좌가 있다는 광고문구를 봤습니다. '딱 한 자리 남았습니다. 후회하지 않으려면 지금 바로 신청하세요. 바로 마감됩니다.' 떨리는 손으로 댓글을 남겼습니다.

"혹시, 컴퓨터를 잘 다루지 못해도 가능한가요? 서서 들어도 좋으니 저도 듣게 해주세요."

"안타깝게도 마감되었습니다. 원칙적으로는 안 되는 일이지만 딱 한 자리 만들어 드릴 테니 아무에게도 말하지 말아주세요. 마감 쳤거든요. 고객님에게만 기회를 드릴게요."

떨렸습니다. 한 번만 배우면 나도 피피티를 할 수 있겠지? 기대되었습니다. 2020년 5월. 강의에 참여했습니다. 6시간 강의 들었습니다. 도통 모르겠더라고요. 강의 끝나고 든 생각은 '나, 똥손도 파워포인트 강의 들었다.'로 끝났죠. 더 들어볼 용기 내지 못했어요. 한 달 피드백도 참여하지 않았죠. 몇 달 지나 캔두쌤의 강의가 또 열렸습니다. 문자가 왔습니다.

"영업멘토님(블로그 닉네임)! 또 안 하고 기회 놓치려고요? 안 하실 기면 자리 없습니다. 약속 지키신다면 이번만 득별히 영업멘토님만 재수강 기회 드리죠."

'아싸, 가오리!'

또 과제를 거르고 기회를 날렸습니다. 두려움에 시작조차 못 한 거죠. 인연이었을까요. 캔두쌤이 'PPT 100일 과정'을 공지했습니다. 나보다 나를 더 믿어주는 마음에 다시 엔진을 돌렸습니다. 이번엔 꼭 해보리라, 포기하고 싶은 순간마다 캔두쌤을 떠올리며 신청 버튼을 눌러 불꽃을 당겼습니다. 신기하게도 어렵다던 과정에 내가 뽑혔습니다.

솔직히 자신은 없었습니다. 50대 '똥손'이 뭘 어떻게 하는지도 몰랐으니까요. 그런데 나처럼 초보라던 50대 동기 중 한 분이 매일 피드를 올리는데요. 무섭게 성장하는 걸 보며 도전 의식이 불붙었습니다. J는 뭐든 남들보다 빨랐습니다. 과제는 당시 이슈였던 코로나19 관련된 내용의 이미지를 똑같이 만들고, 하나는 응용해서 총 2건을 올리는 게 숙제였죠. 할 줄 몰랐고 누구에게 물어보지도 못했어요. 밤새워 그리듯 화면을 채웠습니다. 파워포인트 안에 이미지 조각을 찾아 넣고, 글씨체를 다듬으며 똑같은 크기로 만들었습니다. 마우스 클릭 소리가 고요한 밤을 채울 때마다, 어제보다 조금 더 선명해진 '나'라는 결과물을 만났습니다. 꼴찌로 과제 제출했지만, 반응은 뜨거웠습니다. 내가 만든 피피티에 칭찬의 글이 올라왔습니다. 카톡방에 쏟아지는 '엄지 척' 세례에 쑥스럽기도 했지만, 자신감이 차올랐습니다. 일 끝나면 밤새 컴퓨터 앞에 앉아 피피티를 만들었습니다. 응용 피피티를 잘 만들었다는 피드백을 계속 받았습니다. 첨엔 진짜가? 의심했어요. 그냥 하는 말이라 생각했죠. 그래도 뭐 신났어요. 한

　사람들은 내게 웃는 모습이 예쁘다고 한다

걸음 내딛으니 실수가 있어도 하나하나 만들 수 있었어요. 선배들의 기술을 흉내 내고 붙이며 한계를 넘어갔습니다. 대구 가볼 만한 곳 '김광석 거리'를 할 때 애먹었는데요. 지금도 잊을 수가 없습니다. 밤새워 찾았지만, 왼쪽이 맞으면 오른쪽이 맞지 않고, 사람 얼굴이 맞으면 손가락이 맞지 않았어요. 와! 미치는 줄 알았습니다. 칭찬받고 해서 꽤 잘하는 줄 알았는데요. 아니었습니다. 이렇게 모를까요. 다시 시도했습니다. 끝장을 보는 성격이 발동했죠. 완성될 때까지 죽어라 반복 연습했습니다. 똑같은 이미지를 만들고 또 만들었습니다. 패턴을 터득해나갔죠. 응용 이미지 만드는 게 더 재미있었습니다. 함께 하는 사람들의 응원, 재미를 느끼고 '완성'에 의의를 두었습니다. 기적처럼 피피티라는 영역에서 새로운 가능성을 보았습니다.

100일 동안의 PPT는 기술 습득의 도구만이 아니었습니다. 매일 반복 연습으로 익히는 과정은 디자인과 기획, 나아가 내 삶을 마케팅하는 법을 배우는 '인생 실습'이었습니다. 피피티의 좋은 리더가 있었기에 가능했고요. 지하실에 갇혀 있던 가능성을 지상으로 끌어올린 시간이었습니다.

성장하고 싶다면 일단 '시작'했으면 좋겠습니다. 겁먹고 멈췄다면 절대 느끼지 못했을 경험입니다. 덕분에 '경험'으로 지식과 작은 성취를 맛보았죠. 완벽한 준비는 없습니다. 해보려는 의지가 중요합니다. 그러다 보면 해결점이 보이기 시작합니다. 비로소 다음 스텝도 밟을 수 있었습니다.

7

의미는 됐고, 그냥 재미있게

2025년 5월의 마지막 장을 넘기려던 31일 토요일. 평소보다 일찍 눈을 떴습니다. 새벽 공기부터가 달랐습니다. [주앤미 우베셀_힐링!필링!]에서 기획한 특별한 나들이, 서울 종로에 있는 〈청운 문학도서관〉과 〈윤동주 문학관〉으로 마음 맞는 사람들과 여행을 떠나는 날이기 때문입니다.

아침 일찍 천안아산역 승강장에서 KTX를 기다렸습니다. [주앤미 우베셀] 유튜브 공동 운영자 이현주 작가와 함께였죠. 매끄러운 몸체를 뽐내며 들어오는 KTX가 승강장에 멈춰 섰습니다. 사진 한 장 찍었습니다. 볕이 좋았고, 심장이 기분 좋게 두근거렸습니다.

불과 몇 년 전까지만 해도 나는 '여행'이라는 단어 앞에서 늘 의미와 비용, 효율만을 따졌습니다. '이 시간에 일하면 돈이라도 벌지. 뭐 하러 이 고생을 할까. 시간 낭비에 피곤할

뿐이야.'라며 애써 외면해 왔습니다. 하지만 이번엔 생각을 달리해보기로 했습니다. 복잡한 계산은 내려놓았습니다. 그저 '재미있겠다.'라는 마음 하나만 챙겨 넣었습니다. 가방은 가벼워졌지만, 마음은 어느 때보다 묵직한 기대감으로 차올랐습니다.

서울에 있을 땐 몰랐습니다. 같은 길을 걷는 동료와 함께 KTX에 올랐습니다. 설렜습니다. 매번 다른 사람을 위해 존재했던 내가 오직 나를 위해 떠나는 여행, 하나의 모험이었습니다. 창밖 풍경이 유독 새롭게 다가옵니다. 기차의 속도 때문이 아니라, 내 마음이 처음으로 멈추어 서 있는 덕분이겠지요.

빠진 게 있는지 점검했습니다. 함께하는 이들에게, 준비한 보따리를 풀 생각에 배시시 미소가 번졌습니다. 작은 메모지, 천안의 명물 호두과자, 김형준 작가의 저서 『인생이 막막할 때 책을 만났습니다』 세 권도 함께 가져왔습니다. 옆자리 이현주 작가가 뜻밖의 선물을 건넸습니다. 1955년 증보판 디자인으로 복원된 윤동주의 『하늘과 바람과 별과 시』였습니다. 낡고 고풍스러운 책장을 넘겨보았습니다. 직접 시인

 사람들은 내게 웃는 모습이 예쁘다고 한다

을 마주한 듯한 느낌. 좌석 테이블 위에 선물 받은 시집과 내가 아끼는 책, 이은대 작가의『나이 오십은 얼마나 위대한가』를 나란히 놓았습니다. 스마트폰을 꺼내 사진을 찍었어요. 예전엔 찍지 않았습니다. 낯설었거든요. 지금은 그냥 찍습니다. 비록 SNS에 올리지 못하고 보관만 할지라도, 찰나의 순간을 찍고 기록하는 행위 자체가 나를 새롭게 만들기 때문입니다. '요로코롬' 예쁘게 찍힌 사진 한 장이 내 마음의 온도를 1도 높여 주었습니다.

"해보지 않았던 일을 하니 기분 묘하구만유!" 나의 수줍은 고백에 이 작가는 환한 웃음으로 답했습니다.

오전 9시 30분, 종로구 인왕산 지락에 지리 잡은 청운 문학도서관에 도착했습니다. [글빛_백작] 이한승 작가도 가족과 함께 왔습니다. 미리 챙겨간 그의 신간『루틴, 삶의 주인이 되다』를 쑥 내밀었습니다. 따끈따끈한 사인을 받았지요.

한옥의 단아한 처마 아래로 스며드는 바람이 내 머릿속을 말끔히 씻어주네요. 날씨가 조금 흐려 비가 올까 걱정도 되었지만, 문제가 되지는 않았습니다. 일단 눈에 들어오는 풍경이 편안했습니다. 도서관 주변의 나무 냄새와 오래된 책

냄새가 섞여 마음을 차분하게 해줬습니다. 자이언트에서 만난 청 아이 이성애 작가도 동료들과 동행했습니다. 어찌나 반갑던지요. 다 같이 모여 사진도 찍고 통성명도 했습니다. 오전 10시가 되니 유명하다던 폭포도 공개되었습니다. 각자 가지고 온 책을 들고 사진도 찍고, 서로에게 도움이 되는 사인도 해서 나누었습니다. 가져온 선물 보따리를 풀었습니다. 호두과자도 함께 먹었지요.

다행히 날씨는 좋았습니다. 오랜만에 걸으니 더웠습니다. 다음은 윤동주 문학관과 시인의 언덕으로 향하는 길을 구경하기로 했습니다. 50대에 만난 윤동주 시인은 교과서에서 보던 이미지와는 달랐습니다. 고통스러운 시대 속에서도 부끄러움을 알았던 선한 영혼이었습니다. 그 앞에 숙연해졌습니다.

"별을 노래하는 마음으로 모든 죽어가는 것을 사랑해야지!"라고 읊조려 봤습니다.

함께 걷는 동료들의 이야기와 웃음소리가 청아하게 들렸습니다. 혼자 하는 여행도 의미 있겠지만, 여행의 진짜 맛은 마음이 맞는 사람들과 함께일 때 완성된다는 사실을 실감했습니다. '함께'라는 두 글자가 주는 의미는 달랐습니다. 앞만 보고 달렸던 나는 잠시 멈추는 법을 배웠습니다. 마음의 여유가 생겼습니다. 점심으로 만둣국을 먹었습니다. 팥빙수도 흡입했지요. 하루가 짧습니다.

여행을 마치고 돌아오는 길, 함께한 이들의 얼굴을 하나씩 떠올려 보았습니다. 여기에 강박이나 가치 증명 같은 무거운 단어는 없었습니다. 그저 '재미있었다.'라는 감각만으로 충분히 행복했습니다. 의미를 찾으려 애쓰지 않아도, 재미있게 놀았다면 그 안에 '삶의 이유'가 물들어 가겠지요. 여행은 시선을 멀리 내다볼 수 있게 하는 넉넉한 마음의 여유를 주었습니다. 동시에 '사람'을 귀하게 여기는 마음 근육도 길러주었습니다. 내 옆에 있는 사람이 얼마나 소중한 존재인지, 그들과 함께 웃고 떠드는 '나'라는 사람이 얼마나 가치 있는 존재인지 느끼게 해주었습니다.

좋은 사람 곁에 든든한 동료로, 도움이 되는 지혜로운 사람으로 남고 싶었습니다. 불평불만으로 가득 찼던 내가 뾰족한 모서리가 조금씩 깎이고 있는 듯합니다. 타인을 귀하게 대접하고 더불어 '나' 자신도 귀하게 여길 줄 아는 사람이 되어가는 것 같아 혼자 뿌듯했습니다.

여행을 '나중에 돈 좀 모으면, 애들 좀 다 키우고 나면, 바쁜 일 좀 끝나면.' 등 지금을 살지 못하고 자꾸 미래에 못 박아 둡니다. 여행도 힘 있을 때 가는 거라네요. 가벼운 마음으로 가까운 사람끼리 여행하는 맛도 괜찮을 것 같습니다. 의미를 찾지 않아도 됩니다. 맛있는 거 먹고, 예쁜 풍경 보고, 깔깔거리며 사진 찍고 재미있게 시간 보내다 보면 그것이 살 만한 가치 아닌가요? 혼자일 때는 풍경이 스쳐 지나가지만, 함께하면 내 안으로 들어옵니다. 행복은 목적지에서 만나는 보상이 아니라, 곁에 있는 사람과 보폭을 맞추는 과정 자체였습니다. 그동안 여행이란 걸 어렵게만 생각했네요. 살아가는 데 '거창한 명분'도 중요한데요, 재미를 즐기는 삶은 매 순간이 축제입니다. 억지로 부여한 의미보다 자연스럽게 배어든 재미가 인생을 훨씬 더 향기롭게 만듭니다. 그거면 충분합니다.

행복을 미래로 묶어두었는데요, 거창한 목적지가 없어도 괜찮습니다. 오늘 한 걸음, 소중한 사람들과 이 길을 걷는 거지요. 인생을 즐길 수 있다면 그것이 내 삶의 의미가 아닐까요. '의미'라는 배낭일랑 내려놓고 '재미'라는 가벼운 '마음' 하나만 챙기면 좋겠습니다. 마음이 가벼워야 비로소 눈앞의 사람도 보이고, 바람 부는 거리도 보이고, 역사의 뒤안길이 저물어 가는 모습도 느낄 수 있을 테니까요. 오늘의 나를 굶기지 않기로 했습니다. 지금 이 순간의 웃음소리가 내일의 나를 버티게 할 동력이 될 테니까요. 에너지 충전했으니 쉼표 하나 찍고 가요. 우리!

8

인생, 아무리 봐도 꽤 괜찮다

아홉 살 나는 오늘도 흙먼지를 뒤집어 쓴 채 밭 한가운데서 있습니다. 농사일로 바쁜 아버지에게 밥값을 해야 인정받았지요. 친구들이 친척 집으로 여행을 떠날 때 나는 집안일을 도울 수밖에 없었습니다. 저는 친구들이 그저 부러울 뿐이었습니다. 친구들의 이야기는 내게 다른 세상이었습니다. 도망치고 싶었습니다. 방학 때는 꼼짝없이 집에 잡혀 살았는데요. 방학이 끝나면 그림을 그린다는 핑계로, 공부한다는 생색으로 어떻게든 늦게 집에 가려 했습니다. 고단한 노동에서 벗어나고 싶었습니다. 빨리 어른이 되고 싶었습니다. 어른이 되면, 졸업만 하면 마음껏 즐기며 살 줄 알았습니다. 내 바람과 다르게 세상은 더 치열하고 숨 가쁜 전쟁터였습니다. 부모님 품 안에 있을 때가 좋았습니다.

오십, 인생의 반을 살았습니다. 서울 생활 정리하고 남편이 일하는 아산으로 내려왔습니다. 일을 많이 줄였기 때문에 여유 있게 살 수 있겠지 생각했습니다. 중년이 되면 찾아온다던 갱년기, 염증에 의한 가려움증, 낯선 환경 등이 줄타기하듯 아슬아슬하기만 합니다. 스트레스 여전하고요. 입에서는 '미쳐' 또는 나도 모르는 한숨이 새어 나옵니다. 그럴 땐 어김없이 무기력해집니다. 빨려 들어가듯 이불속으로 직행하지요.

"사는 게 왜 이리 힘들고 재미없냐. 미치겠다."

눈을 감고 습관적인 불평에 탄식하며 누워있는데 이런 생각이 스치더군요. '만약 내일 내 삶이 끝난다면, 나는 무엇을 후회할까?' 답은 명확했습니다. '좀 즐기면서 살걸.' 아쉬운 서예요. 벌떡 일어났습니나. 득빌한 행운이 찾아오길 기나리기만 했던 건 아닐까, 하는 생각도 들었고요. 다시 정신을 차려야 했습니다.

내가 하루를 보낼 때 생기 있을 때가 언제인지 생각해 보았습니다.

첫째, [이은대 자이언트 북 컨설팅]이라는 거대한 성 안에 있을 때입니다. 수장 이은대 대표가 운영하는 강의를 듣습니다. 그의 영향을 받아 매 순간 '사람'이 귀하다는 사실을 알고 인연에 감사하는 마음 갖습니다. 덕분에 사람답게 살고 싶다는 바람으로 하루를 맞이합니다. 같이 책을 읽고 글을 쓰는 나와 닮은 글동무와 함께합니다. 그들 모두 각자의 상처와 아픔이 있고, 나 또한 말하지 못한 이야기가 있습니다. 작가라는 이름으로 소통하고 글을 씁니다. 혼자라면 금방 포기했겠지만 함께라서 현재를 살아갑니다. 서로의 글을 통해 타인의 삶을 바라봅니다. 살아가는 지혜를 배우고 나는 어떠한가 하고 반성합니다. "작가님, 오늘 글 한 편 올라왔던데 잘 쓰셨더라고요. 덕분에 저도 힘을 낼 수 있었어요." 따뜻한 한마디에 불평불만이 누그러듭니다. 삶의 의미와 가치를 재정의합니다. 그냥 좋습니다. 나를 지지해 주고, 내 이야기에 귀 기울여주는 사람들이 있다는 사실이 오늘을 버티는 근간이 됩니다.

둘째, 고단하지만, 매일 반복되는 일상 속 내 '일'입니다. 여전히 광고주들의 민원을 해결하기 위해 고군분투합니다. 대행사와 일의 진행 상황에 대해 논의합니다. 콜센터 직원들의 날 선 불평불만도 받아내고 이해합니다. 그녀들의 고충을 알기 때문입니다. 예전 같으면 "왜 나한테만 이런 일이 생기

   사람들은 내게 웃는 모습이 예쁘다고 한다

나." 울화통을 터뜨리며 불만을 토로했을 텐데요. 지금은 내게 닥친 폭우를 한 발 떨어져서 바라보는 여유가 생겼습니다. '그렇구나. 나와 다르구나. 그럴 수도 있지. 오죽하면 저럴까. 나도 그랬잖아.' 다름을 인정합니다. 제 삼자의 눈으로 상황을 관조합니다. 해결될 문제는 시간이 지나면 풀리기 마련입니다. 혹시라도 내가 해결할 수 없는 일은 걱정한다고 달라지지 않는다는 사실을 배움으로 알고 있지요.

바쁜 와중에 내가 가진 능력을 발휘해 문제를 하나씩 매듭지어 나갈 때, 묘한 카타르시스를 느낍니다. "죄송합니다. 확인 후 회신드리겠습니다." 의미 없이 기계적으로 답하던 과거와 달리 24시간 안에 해결될 수 있도록 집중해서 진심으로 고객에게 정성을 쏟습니다. 21년간 나를 살게 해준 '일'을 즐겼습니다. 생계 수단에서 세상과 소통하는 활력소라고 생각하니 인연으로 오는 사람들이 생겼습니다. 오십 넘어서도 능력을 펼칠 수 있는 일이 있다는 사실 하나만으로도 나는 꽤 괜찮은 인생을 사는 셈이죠.

셋째, 쏠쏠한 재미 '유튜브 시청과 노래 듣기'인데요. 음치, 박치, 몸치 3박자 고루 갖춘 사람입니다. 어릴 때는 꽤 잘 불렀는데 어느 순간 수줍음이 많아져서 노래를 부르지 못하겠더라고요. 듣는 걸 즐깁니다. 요즘은 AI가 작곡하고 AI 가수가 노래를 불러 쟁점이 되기도 했죠. 사람의 감성을 자극하는 노래도 많더라고요. 그래서 혼자 있는 시간에 곧잘 듣습니다. 설거지하다가도, 외부 미팅을 나갈 때도 아무도 없으면 혼자 흥얼거릴 때도 있습니다. "진달래꽃 피었습니다. 얼어붙은 마음속에 우리 사랑했었던 추억들만 물들어있네요." 그러다 '삑' 하고 음 이탈이라도 나면 그냥 쿨하게 "에구! 삑사리 났네."라며 혼자 피식 웃어넘깁니다. 남에게 잘 보일 필요도, 박자를 딱딱 맞출 의무도 없습니다. 틀리면 또다시 부릅니다. 여러 사람 앞은 아직도 부끄럽지만 혼자는 세상 자유롭습니다.

음치면 좀 어떻습니까. 오십에 좋아하는 노래에 흠뻑 취해 흥을 낼 수 있는 마음의 여백이 생겼다는 게 중요한 거지요. 이렇게 노래 한 곡 부르고 나면 다시 정신 차리고 오늘을 살아낼 에너지가 생깁니다.

또, 매주 금요일. 일주일을 버틴 나에게 넷플릭스 영화와 유튜브 짤 드라마 정주행을 허락합니다. 요즘은 〈판사 이한

영〉을 보는데요. 배우 지성을 좋아합니다. 그가 출연한 영화나 드라마는 꼭 챙겨 보는 편이지요. 부패 판사였던 그가 사고로 10년 전으로 회귀하여 자신의 잘못을 하나씩 되돌려 놓는다는 이야기입니다. 주인공 인물 묘사, 사건의 상황, 감초 연기자들까지 흥미진진합니다. 드라마 여기저기 깔린 복선을 추리도 해봅니다. 비슷하게 흘러가면 '그래, 그렇지. 그게 맞는 거지.' 추임새를 넣고 전혀 생각하지 못한 방향의 이야기가 전개되면 '어라? 왜 이렇게 흘러가지!'라고 긴장합니다. 그러다 보면 손에 땀도 나고 묘한 감정에 흥분하기도 합니다.

'공감' 하면 생각나는 사람이 있는데요. 이금희 아나운서입니다. 후덕한 모습으로 사람들의 마음을 편안하게 해주죠. 그녀가 마흔일곱이었을 때, 힌 선배가 "금희야! 너 지금 몇 살이지?", "마흔일곱인데요."라고 말했답니다. "지금이 가장 좋을 때다. 얘! 그러니 지금을 즐겨."라고요. 그때 이금희 아나운서는 선배의 말을 이해하지 못했는데요. 오십이 넘고 보니 선배의 '지금 좋을 때다.'라는 말이 공감된다고 하더군요.

불평불만을 늘어놓던 제가 생각을 바꾸니 일상이 다르게 다가왔습니다. 일할 수 있고, 마음을 나눌 글벗들과 함께하고, 음치라도 흥얼거릴 노래가 있다는 사실이 설레게 했습니다.

인생은 해석하기 나름입니다. 지옥이라 생각하면 마음의 감옥에 갇혀 무기력하거나 재미를 느끼지 못합니다. 반대로 축제라 생각하면 나의 새로운 모습을 보여줄 수 있는 무대가 되지요. 일상의 작은 순간들을 반짝이는 보석으로 채워보기로 했습니다. 매일 반복되는 일상을 '재미'와 '축제'로 바꾼다면 에너지가 달라지지 않을까요. 완벽한 환경과 행운을 기다리기보다 어설프지만, 타인에 의해 사는 삶이 아닌 내 의지로 남은 삶을 조각하는 시간으로 꾸며 보는 것도 괜찮은 삶이라는 생각 듭니다. 인생, 이만하면 충분히 '축제'라 부를 만하지 않습니까.

   사람들은 내게 웃는 모습이 예쁘다고 한다

제 3장

인생, 달라질 수 있다면

'망했다. 저 얼굴을 매주 봐야 하는 거야?'

이젠 하다하다 남의 외모를 가지고 트집입니다. 강사가 강의만 잘하면 되지, 얼굴이 뭐 그리 중요할까요. 강사와 연애할 것도 아닌데 말이죠. 온라인 수업임에도 자꾸만 강사의 인상이 신경 쓰였습니다. 아마도 기왕 비용을 지불하고 듣는 수업이니 강사가 잘생기길 바랐던 모양입니다.

설렘 대신 무서웠습니다. 인상이 강했거든요. 계속해서 마주해야 할 텐데. 큰일 났습니다. '환불해야 하나. 아니면 몇 번 더 들어봐야 하나.' 고민스러웠습니다. 온라인 책 쓰기 수업 1기로 신청했습니다. 책 한 권 써서 돈도 벌고 유명해지고 싶었는데 해보지도 못하고 그만두는 건 아닌지 걱정이 되었지요. 또, 책 한 권 써 보라고 권유한 박현근 코치와 윤스키 코치의 얼굴이 떠올랐습니다. 정작 중요한 수업 내용보다 강사의 외모를 두고 수강 여부를 고민하는 내 모습이 우스웠습니다.

[자이언트 북 컨설팅] 책 쓰기 첫 수업인데요. 줌 화면에 강사인 이은대 작가의 모습이 보였습니다. 아웅. 무료 특강에서 한 번 보았지만, 적응 안 됩니다. 나는 이제 어떻게 해야 할까요. 그렇게 혼자 소설 썼습니다.

2020년 7월 7일. 견우와 직녀가 만난다는 날. 밤 아홉 시. [이은대 자이언트 북 컨설팅] 온라인 1기 책 쓰기 수업을 들었습니다. 두 시간 강의를 듣는데요. 의자 등 뒤로 버티듯 앉아 있다가 내 몸이 점점 모니터 앞 가까이 다가갔습니다.

"전과자입니다. 파산했습니다. 막노동했습니다. 좀 살 만한가 했는데 암에 걸렸습니다. 이은대입니다."

묵직한 것이 땅에 떨어지듯 나도 모르게 '아이고. 어째! 저 말은 하지 말지. 너무 아프잖아!'라고 생각했습니다. 지금은 살 만하다고 행복하다고 말했지만, 듣는 나는 불편했습니다. 어찌 버텨냈을까. 측은한 생각에 수업 내내 이런저런 상념에 빠졌습니다. 메모도 열심히 했고요. 먹먹했습니다. 지금까지 들었던 어떤 강의 보다 내 마음을 움직이게 했습니다. 잠을 잔 건 아닌데 고개를 연신 끄덕였습니다. 얼굴 때문에 불만을 품었던 내가 부끄러웠습니다. 그냥 '강의하는 이은대 작가'이기에 끌렸습니다. 행운이라 생각했습니다. 신이 내린 선물이라 여겼습니다. 닮고 싶다는 열망이 차올랐습니다. 평생 재수강 혜택까지 준다고 하니, 그야말로 신이 내린 행운을 잡은 기분이었습니다.

첫 수업 기억나는데요. 52명 수강생이 줌에 빼곡히 모여 책 쓰기 수업을 들었습니다. 다들 어떤 생각으로 수업을 듣고 있는지도 궁금했고요. 나처럼 자신의 책을 쓰고 싶은 사람이 많다는 사실 또한 확인할 수 있었습니다. 강의 중 기억나는 말도 있습니다. "글쓰기를 이상적인 꿈으로만 생각하지 말고, 재미있게, 편안하게, 기분 좋게 생각하면 좋겠습니다. 기분이 좋으면 무슨 일이든 모두 풀립니다. 오늘 기분이 좋으면 그대로 좋은 것입니다." 작은 성공의 경험을 많이 하라고 했습니다. 아침에 출근하듯이 일상을 '그냥' 쓰라고 말입니다. 빈 종이, 키보드, 수첩… 할 것 없이 찰나의 순간을 기록하라고 말합니다.

온라인 1기 책 쓰기 수강생들에게 특전도 있었습니다. 매

　사람들은 내게 웃는 모습이 예쁘다고 한다

주 목요일 '이은대 문장 수업'을 들을 기회가 생겼습니다. 책 쓰기 수업은 글을 쓰는 방법 등을 가르쳐 주는 수업이고, 문장 수업은 예비 작가들이 쓴 원고의 일부를 발췌해서 퇴고하는 법을 직접 보여주는 수업이라 했습니다. 궁금했습니다. 어떻게 다른지 말입니다. '이 남자! 뭐지?' 경상도 특유의 무뚝뚝함과는 상관없이 강의에 진심이었습니다.

그런데요. 싫어하는 시간이 왔습니다. 학교 다닐 때도 숙제하기 싫어했는데 1주 차에 '과제'가 있다고 하네요. 내가 쓰게 될 책을 위한 나에 관한 이야기를 질문에 맞게 써서 '글 사랑 카페'에 제출하라는 겁니다. 내가 쓴 과제에 따라 이은대 작가가 제목과 목차 일부를 기획해 준다고 했습니다. 와우! 책 쓰기 수업 다른 곳에서도 한두 번 들어 봤지만 '제목과 목차 일부'를 짜 주는 곳은 못 봤습니다. 강의도 평생 무료 재수강이 아닙니다. 단발성이었거든요. 이렇게 자세하게 온 정성을 다해 알려주는 사람은 없었습니다.

1주 차 수업 중 이 말도 잊히지 않네요.

"나는 전과자, 파산자, 막노동꾼, 암 환자입니다. 사업 쫄딱 말아먹고 감옥까지 다녀왔지만, 책 쓰기에서만큼은 진심입니다. 이것만은 이은대를 믿어 주세요." 절박해 보였습니다. 믿고 싶었습니다. 아니, 믿겠다 했습니다. 두 시간이 어떻게 지나갔는지 모를 정도로 흠뻑 빠져들었습니다. 편견은 눈을 가리지마느 진심은 마음을 엽니다. 본 것은 강사의 얼굴이었지만, 내가 들은 것은 그의 영혼과도 같았습니다.

[자이언트 북 컨설팅] 이은대 작가는 대한민국 최고의 글쓰기, 책 쓰기 코치이자 자신의 삶을 증명해 내는 리더였습니다. 믿었지요. 덕분에 내 인생도 새로운 삶이 시작되었습니다. 어둡고 칙칙했던 얼굴이 밝아졌습니다. 책을 읽고 글을 쓰는 작가의 삶을 살고 있습니다. 다른 사람을 돕고 싶다는 꿈을 꾸게 되었습니다.

누군가를 판단할 때 우리는 종종 '보이는 것'에만 집중할 때가 많습니다. 잘못 판단할 때가 있다는 말이지요. 사람의 진정한 가치는 그가 지나온 굴곡진 시간과 그 시간을 버티고 이겨낸 경험과 진정성에서 나옵니다. 첫인상의 편견을 깨고 들어온 타인의 삶은 때로 내게 그리고 우리에게 뜻하지 않은 선물로 다가옵니다. 지금 내 앞에 있는 사람의 겉모습 너머, 그가 품고 있는 철학과 가치관을 들여다볼 수 있다면 좋겠습니

 사람들은 내게 웃는 모습이 예쁘다고 한다

다. 나 또한 그로 인해 사람들의 마음을 움직일 수 있는 사람으로 성장할 수 있겠지요. 외모가 아닌 '그 사람'이라서 좋다고 판단할 수 있는 눈을 가질 수 있도록 더 배워야겠습니다.

나는 왜 5년째 한 사람의 강의를 듣고 있는 걸까요? 그냥 좋았습니다. 사람들이 내게 묻습니다. "공동저서도 집필하고 글쓰기 수업도 이제는 이론을 통달했을 텐데 뭐 하러 매주 수요일 밤 9시, 혹은 주말 아침 7시에 줌(zoom) 앞에 앉아 있습니까?" 5년 동안 같은 강의를 듣는 것이 작가님 생활에 무슨 의미가 있습니까. 비효율적인 생활 패턴 아닙니까? 반복해서 듣는다고 돈이 뚝 떨어집니까? 온갖 의구심을 표하며 질문합니다. 처음엔 '그냥'이라는 말만 했습니다. 바보 같다고 하더군요. 되묻고 싶습니다. 왜 우리는 매일 밥을 먹을까요? 왜 매일 사랑하는 사람과 복닥거리며 싸우기도 하고 보고 싶어 안부를 물을까요? 카페에 가서 브런치는 왜 먹으며 수다는 왜 떨까요? 매일 밥을 먹듯 마음의 근육을 유지하기 위해서도 공부가 필요하다고 생각합니다. 배움은 일상이 되어야 합니다.

　내가 생각하는 글쓰기는 기술이 아니라 살아가는 태도라고 생각합니다. 줌 화면에 나타나는 동료 작가들을 만나는 것이 즐거웠고요. 삶의 태도를 유지하기 위해 끊임없이 나를 단련해야 한다는 필요성을 느꼈기 때문입니다. 내가 5년째 [이은대 자이언트 북 컨설팅] 이은대 작가의 강의를 듣고 자이언트 수업에서 자리를 지키는 이유는 살기 위해서였습니다.

　5년이라는 시간은 나에게 문장이 준 의미를 넘어 이은대 작가의 철학과 가치관에 물든 귀한 순간이었습니다. 한 사람의 스승으로부터 일관된 메시지를 들어왔습니다. 다듬어지지 않은 원석을 갈고 닦는 시간이기도 했습니다. 불평과 불만, 다른 사람 탓을 하던 무질서한 나에게 '작가라는 정체성'을 체화하는 과정이었죠. 책 쓰기 수업 초기에는 '글 쓰는 법'을 배우기에 급급했다면, 5년이 흐른 지금은 글을 대하는 '격'을 배우고 있습니다. 해보니까요, 나란 사람은 혼자서 뭘 할 수 있는 사람이 아니더라고요. 누군가 계속해서 독려해 주는 사람이 있어야 그나마도 움직였습니다. 혼자 독서하고 공부할 수 있지요. 포기가 빠른 나는 함께하는 사람이 필요했습니다. 5년이라는 시간이 내게 준 선물입니다.

인간의 뇌는 외부 자극에 따라 구조가 변하는 '신경가소성' 덕분에, 5년의 반복은 내 삶의 우선순위를 완전히 바꿔놓았습니다. 의식적으로 노력하지 않아도 기분 좋은 마음으로 수업에 참여하지요. 거기서 이은대 작가의 삶을 봐왔습니다. 공부하고 연구하여 수강생들에게 모두 다 나누어 주는 그의 철학과 글쓰기에 대한 본질적 가치를 배웠습니다. 힘이 들 때조차 회복탄력성으로 이어져 다시 일어설 수 있었지요. 강력한 에너지원이 되었습니다. 한동안 읽지 않던 책도 다시 손에 잡았습니다. 부작용은 강의가 없는 날은 나침반을 잃은 듯 무기력하기도 했습니다.

어떤 분야에서 전문가적 직관을 갖추기 위해서는 물리적인 시간이 필요한데요. 1주일에 한 번, 5년을 지속하면 약 260회 이상의 강도 높은 자극을 받는다고 합니다. 직관력이 생기고, 주변을 바라보는 시선이 달라집니다. 멈춰 나를 돌아보는 시간도 갖게 됩니다.

처음 책 쓰기 수업과 문장 수업만 들었는데요. 이은대 작가는 수강생들에게 질 높은 혜택을 계속해서 지원해 줬습니

　사람들은 내게 웃는 모습이 예쁘다고 한다

다. 초보 작가가 출간을 하면 저자 특강의 기회도 주고요. 각
종 특강도 준비해서 제공해줍니다. 그 시간이 나를 살아있게
합니다.

[자이언트 북 컨설팅]에서 650호 작가가 배출되는 동안 나
는 강의만 들었습니다. 축하해주기 바빴지요. 처음엔 조급
증도 생기고 질투 섞인 시기도 많았습니다. 저 사람은 어떻
게 저렇게 빨리 써서 책을 또 출간해서 나를 힘들게 하나 말
도 안 되는 트집을 잡았지요. 겉으론 "축하합니다."라고 축하
이모티콘과 박수를 보내드립니다. 실상 마음은 불편했습니
다. 간장 종지였지요. '척' 많이 했습니다. 착한 척, 친절한 척
등 가면을 썼지요. 5년입니다. 이제는 내가 헷갈립니다. 좋
은 사람인 척하다 보니 진짜인가 말이지요. 이제 쓸 때 되지
않았나요? 라고 묻는 동료 작가에게도 너스레를 떱니다. 예
전이라면 할 수 없는 반응이지요. 자이언트에서 하는 행사에
모두 참여합니다. 좋아합니다. 에너지를 얻습니다.

5년 전, 이은대 작가의 얼굴을 보고 '못생겼다. 무섭다. 환
불해야 하나?'라고 고민하던 편협한 나는 없습니다. 대신 달
라진 스승의 인상에 '멋진 이은대'라고 표현합니다. 줌 화면

에 비친 이은대 작가의 얼굴, 한 달에 한 번 진행하는 잠실 교보문고 행사에서 뵐 때의 모습은 삶으로 증명한 최고의 스승이라 생각하고 존경합니다. 믿지요.

인생이 달라지길 원하나요? 그렇다면 한 사람의 정성과 진심에 시간을 온전히 맡겨 보라고 말하고 싶습니다. 5년이라는 시간이 지난 지금 글을 잘 쓰는 사람이 아니라, 어떤 상황에도 휘둘리지 않는 단단한 자아를 가진 '진짜 인생의 작가'로 살아갈 수 있습니다. 내 삶이 바뀌었기 때문에 당당하게 말할 수 있습니다. 불평불만 대신, 남을 탓하기 이전에 내가 한 행동이 타당했는가를 먼저 돌아보는 사람이 되었습니다.

전문성이란 지식을 많이 아는 것이라 생각했었습니다. 그런데요. 전문성은 한 가지 일을 어떤 일이 본능이 될 때까지 견디고, 오래 지속해 다른 사람에게 잘 전달해 줄 수 있어야 한다고 생각합니다. 5년 동안 [자이언트 북 컨설팅] 이은대 작가와 함께 한 건 내 인생 최고의 선물입니다. 5년 동안 같은 자리를 지킬 수 있었던 나 자신에게 잘했다 칭찬합니다. 나에게 주는 고귀한 예의가 아닌가 생각합니다.

성과가 보이지 않아 답답했던 적 있지요? 나무는요 겨울에는 자라지 않는 듯 보이지만, 땅 밑에서 뿌리를 깊게 뻗는다고 합니다. 5년이라는 시간을 한 곳에 투자한 건 본질을 가르치고 '사람'을 귀하게 생각하는 이은대 작가의 철학과 가치관 덕분입니다. 나 또한 5년이라는 시간이 나를 지탱할 뿌리가 되고 있음을 믿습니다.

내가 멈추지 않는 한 나의 메시지가 누군가의 가슴에 닿는 빛이 될 거란 사실을 압니다.

흔적을 남기기 시작하다

기록되지 않는 삶은 흔적도 없이 사라집니다. 기억력이 꽤 좋다고 생각했습니다. 20대의 기억과 50대의 기억은 달랐습니다. 책 쓰기 수업을 들으면서 일기를 가끔 썼습니다. 기억하고 싶은 일, 또는 특별한 사건이 터졌을 때, 기록했지요. 오래지 않아 특별한 날은 많지 않다는 사실을 알게 되었고요. 일상을 기록해야겠다는 생각에 매일 도전을 해봤습니다. 잘되지 않았습니다. 어떤 때는 어제 일도 기억이 나지 않더군요. 이렇듯 노트에 남기지 않으면 내 삶의 역사는 공기 중으로 흩어져 버립니다.

네이버 회원가입과 동시에 자동으로 생성된 블로그를 정작 사용할 줄은 몰랐습니다. 2019년 자기계발 하면서 블로그에 글을 쓸 수 있다는 걸 알았습니다. 처음에는 남들이 볼까 봐 두려웠습니다. 지극히 개인적인 일상을 공개한다는 것이 낯설었거든요. 아무도 관심 없는데 혼자 겁먹었습니다. 이은 대 작가의 수업 중에 나를 움직인 말이 있었지요. "블로그는 나를 나타내는 최고의 글쓰기 연습장입니다. 글 쓰고 부끄럽다면 대문짝만하게 쓰세요. 지금은 글쓰기 연습 중입니다." 라고요. 글을 쓴다는 것은 내가 살아있다는 것을 세상에 남기는 행위라는 사실을 알려 주셨지요. 기록은 삶을 객관적으로 바라보게 하는 '메타인지'훈련입니다. 전문가들이 말하는 기록의 힘을 몸으로 체험한 셈이지요. 세상에 '나'라는 사람의 흔적을 남기면 벌어지는 몇 가지 소소한 행복을 느낄 수 있었습니다.

블로그에 일상과 [자이언트 북 컨설팅]의 강의 후기를 남기기 시작한 것은 배운 내용을 다시 복습하기 위해서였습니다. 살아가는 데 필요한 지혜롭게 사는 법도 알려주기에 '감사'한 마음을 표현하고도 싶었습니다. 초기에는 강의 내용을 복습하듯 리뷰 형식으로 정리해 올렸습니다. 그러다가 내 생각을 덧입히기 시작했습니다. 반복은 뇌의 해마에 지식을 각인시키는 강력한 방법이라고 들었습니다. 쓴 대로 행동해보기도 합니다. 중간에 잠깐 멈추기도 했지만 블로그에 꾸준하게 쌓아나갔습니다. 별거 아니라 생각했는데요. 지금 내 블로그에는 약 2천 6백 50여 건의 글이 쌓여있습니다. 기록이 쌓이면 내 역사가 된다고 했지요. 많지는 않지만 내 글을 읽으러 방문하는 사람들이 내 글을 기다립니다. 믿음이 생깁니다. 혹시라도 늦게 올리면 묻습니다. "작가님 오늘 무슨 일 있으세요? 왜 글이 안 올라오나요?" 여기에 뭐가 더 필요할까요. 어떤 자격증보다 강력한 전문가의 증거가 되지요. 흔적은 곧 '나'라는 사람의 정체성을 보여줍니다.

잠깐이었지만 인스타그램에 올린 짧은 글과 내가 올린 사진들은 잠재되어 있는 감각을 깨우는 도구였습니다. 책 쓰기 수업에서 시야를 크게, 관찰의 힘을 길러주었습니다. 일상에서는요. 아파트 앞 화단에 핀 풀꽃, 서점의 풍경, 새벽 강의를 들으며 찍은 모니터 속 사람들, 택시를 타고 가면서 바라보는 바깥 풍경 등을 다르게 보기 시작했고요. "김미예 작가님이 쓴 글에 위로받고 갑니다."라는 댓글은 내가 타인의 삶에 영향을 줄 수도 있구나 깨닫게 되었습니다. 조금만 느슨하면 쉽게 포기하고 싫증 내는 내게 블로그는 작은 성취를

  사람들은 내게 웃는 모습이 예쁘다고 한다

경험하게 해준 공간이었습니다. 긍정적인 마인드와 내 글에 대한 누군가의 평가로부터 견딜 수 있는 맷집을 만들어 주었습니다.

글을 통해, 영상을 통해 흔적을 남긴다는 건 '나'를 보여주는 일인 동시에 누군가에게 이정표를 놓아주는 일이라 생각합니다. 글을 쓰면서 블로그 이웃, 인스타 팔로우 친구에게서 공감을 얻었듯이 내 블로그 글을 통해 다른 사람들에게 도움을 줄 수 있다는 사실이 의미 있었습니다. 인생이 달라지고 싶다면 오늘부터라도 나의 이야기를 디지털 공간에 남기면 좋겠습니다. 문장, 세련된 사진 아니어도 괜찮습니다. 중요한 것은 내가, 이 글을 읽는 당신이 함께 '존재했다'라는 사실을 남기는 것이리 생각합니다. 하나의 점이 모여 선이 되고, 선은 우리의 인생에 면이 되어 거대한 지도를 그릴 수 있습니다.

요즘 드는 생각은요. 시간이 아깝습니다. 놓치고 지나치는 일들이 많거든요. 그래서 기록하기로 했습니다. 새벽형 인간이 성공한다고 하는데요. 나는 세상의 소음이 잦아든 밤 12시부터 새벽 2시까지, 나만의 은밀한 기록 시간을 갖습니다.

조용한 시간 낮게 음악을 틀어놓습니다. 거실은 내가 좋아하는 일하는 공간입니다. 요즘은 아날로그 방식으로 노트에 문장 하나 쓰고 내 생각 적기와 일상 일기를 주로 씁니다. 습작도 합니다. 키보드하고만 친하게 지내니 어느 순간 노트 작성이 어렵게 느껴지더라고요. 한 문장 쓰면서 다음 문장을 받아 적어 내려갑니다. 잘 써지는 날 있고요. 누군가 보고 있다는 생각에 고심 끝에 쓴 문장이 대수롭지 않게 느껴져 지워버리기도 합니다. 막바지 초고를 쓰기 위해 한글 파일을 열어 놓고 깜빡이는 커서와 한참을 씨름하다 그냥 덮어버릴 때도 많습니다. 그럴 땐 내가 초라해 보이기도 했고요. 어쩌다 블로그에 내 일상을 그냥 썼는데 공감해 주는 분들의 댓글에 다시 주먹을 불끈 쥐기도 했습니다. 생전 처음 보는 사람에게서 "작가님 글 덕분에 오늘을 다시 살아낼 수 있었습니다. 고맙습니다."라는 댓글을 받아보았을 때, 쑥스럽지만 내가 쓰면 누군가는 읽고 위로받는구나. 계속 써야겠다는 생각합니다. 기록은 나는 물론이고 타인의 상처에 연고가 되어 주기도 합니다. '작가'로 살아갈 수 있게 길을 터 준 이은대 작가에게 그저 감사드릴 따름입니다. 나의 소박한 흔적의 공유가 사람들에게 오늘을 살 수 있는 힘을 줄 수 있다는 사실

　　사람들은 내게 웃는 모습이 예쁘다고 한다

에 '나'를 돌아볼 수 있는 기회도 얻습니다.

꾸준히 뭔가를 한다는 게 쉬운 일은 아닙니다. 나 또한 그랬고요. 완벽하게 준비되면 하겠다고 했습니다. 제자리걸음이었습니다. 일단 시작했습니다. 수정하고 보완할 부분들이 보이더라고요. 서툰 문장, 투박한 사진, 흔들리는 고민조차도 누군가에게는 '나도 할 수 있겠구나'라는 길을 터줍니다. 완벽한 글보다 위대한 것은 매일의 흔적입니다. 내가 남긴 기록은 세상과 나를, 그리고 당신을 잇는 솔직한 공간입니다. 사소한 기록이, 내가 뿌린 글'씨'가 기적이 되지 않을까요. 내 인생을 바꿀 도구이기도 합니다. 오늘도 일상의 사소한 경험을 끄적입니다. 무심코 흘려보낸 찰나는 쓰는 순간 자신만의 고유한 별이 됩니다. 하나의 점이 모여 지도를 그리듯, 사소한 기록들이 모여 인생이라는 거대한 기적을 완성할 거라고 생각합니다. 지금, 흔적을 남겨보면 좋겠습니다. 우리가 존재했다는 사실만으로도 여러분의 글은 충분히 가치 있으니까요.

대수롭지 않은 일이라도

나이가 드니 사소한 것 하나에도 감정이 실립니다. 노래 한 소절 듣고 멍하니 소리에 취합니다. 아무것도 하지 않고 의자 깊숙이 엉덩이를 붙이고 앉아 가사를 음미해 봅니다. 지금의 내 상황처럼 느껴집니다. 이면지 위에 가사를 꾹꾹 눌러 적습니다. 따라 부릅니다. 고음에서 걸립니다. 아무도 없는데도 '삑사리'에 주춤합니다. 다시 화면을 보고 가사를 외웁니다.

책상의 반 이상을 차지하는 모니터 두 대가 나를 반깁니다. 모니터 두 대를 설치했을 때의 기쁨은 이루 말할 수 없었습니다. 있어 보였거든요. 프리랜서로 활동하면서 컴퓨터는 나의 일부가 되었습니다. 일단 책상 앞에 앉으면 마음이 편안해졌고, 내 분신과도 같았기에 애착이 갔습니다. 일도 하고 취미 생활도 합니다. 화면 크고 보기 좋습니다. 돈을 벌어

주는 도구이기도 합니다. 모니터 한 대 쓰다가 일을 위해 한 대 더 구매했을 때 신세계였습니다. 아산으로 이사 왔을 때, 남편은 둘째와 셋째에게 모니터가 큰 게임용 컴퓨터를 각각 한 대씩 설치해 줬습니다. 내 모니터가 제일 좋다고 생각했었는데 아이들의 방에 있는 커다란 모니터를 보니 내 것이 초라해 보이는 겁니다.

"오빠 나도 큰 거로 한 대 사줘. 책상까지는 바라지 않을 게. 바꿔주면 찐하게 뽀뽀해 줄게."

"모니터? 그거 있잖아. 필요하면 자네가 돈 주고 사게." 아이들에게 밀렸다는 생각에 남편에게 서운한 감정 생겼습니다. 불평 쏟아냈죠. 지금 쓰는 모니터도 충분히 괜찮은 데 왜 그리 집착했는지 모릅니다. 남의 떡이 커 보여 내가 가진 것에 대한 고마움을 잊었습니다. 둘째와 셋째 방에 설치된 모니터를 보니 갖고 싶었습니다. 좋았다가 아쉬웠다가 별의별 생각 다 났습니다. 남편은 내 청을 들어주지 않았습니다.

같은 길을 가는 동료 작가인 자이언트 가족을 좋아합니다. 줌 화면에 모여 공부할 때, 다들 웃어줍니다. 함께 공부하는 시간이 소속감 있게 해줍니다. 나를 응원해 줍니다. 때로 실수할 때도 이해해 주고, 있는 그대로의 나를 좋아해 줍니다.

그런 사람들이 곁에 있다는 사실이 가슴 벅차도록 고맙습니다. 반면, 오늘같이 남편의 간장 종지 같은 행동을 볼 때면, 미워집니다. 그의 단점만 보게 됩니다. 시비를 걸고 싶을 만큼 뾰로통해 툴툴거립니다. 표정과 말투에서 다 드러납니다. 부정적인 감정에 입을 닫아 버리지요. 별 대수롭지 않게 여겨도 될 것을 꼬투리 잡을 거 없나 생각합니다. 남편에게 더 반기를 들고 싶습니다. 맘에 들지 않습니다.

책상 앞에는 구글 타이머가 있습니다. 글을 쓸 때 주로 시간을 맞추는 데 사용합니다. 타이머는 시간을 정확히 알려줍니다. 불평불만도 없습니다. 그저 내가 지시하는 대로 움직입니다. 30분 맞추면 나에게 30분을 허락하고 1시간으로 조정해도 늘 따라줍니다. 내 맘에 꼭 듭니다. 한 편의 글을 쓸 때, 1시간 맞춰 놓고 글을 씁니다. '다다다다' 키보드 두들기며 시간의 압박을 즐깁니다. 덕분에 한 편의 글 1.5매를 채울 때도 있고 글이 써지지 않을 때는 반 페이지 분량의 글을 쓰기도 합니다. 구글 타이머는 내게 시간의 중요함을 알려줍니다.

사물이든 사람이든 한 사람의 마음에 완벽하게 들기란 어렵습니다. 바라면 바랄수록 더 많이 욕심부리게 됩니다. 만

  사람들은 내게 웃는 모습이 예쁘다고 한다

족하지 못하지요. 아쉬워합니다. 불행하다 여깁니다.

있는 것에 '감사'해야 하는데요. 나는 아쉬움을 놓지 못합니다. 그래서 문제가 생기기도 합니다. 지혜롭지 못한 행동 때문에 오해를 불러일으키기도 하고요. 절제하지 못합니다.

일상에서 보고 듣고 경험한 내용을 한 편의 글로 연결해서 쓸 수 있는데요. 모니터와 타이머, 그리고 인생에 대해 쓸 수 있습니다. 전혀 어울리지 않을 것 같은 조합이어도 괜찮습니다. 오늘 내 앞에 있는 모니터와 타이머 그리고 내가 살아온 시간을 엮어 이야기를 할 수 있으니까요. 나에게 도움을 주는 모니터를 보고 느낀 점, 구글 타이머 덕분에 감사하게 생각한 점, 모니터와 구글 타이머 간의 상관관계에서 글감으로 여길 수 있습니다.

글을 쓰지 않고 그냥 바라만 보면 스쳐 지나갑니다. 글로 적으면 대수롭지 않은 사물과 나의 하루가 특별한 의미와 가치를 갖게 됩니다. 살면서 특별한 일과 때는 잘 없습니다. 이벤트라고 하지요. 이 또한 내가 만들어 내는 거라 생각합니다. 매일 아주 작은 찰나의 순간을 잡아 내 삶의 메시지와 연결합니다. 아파트 앞 화단에 핀 보라색 들꽃과 나무와 사람에 대해 기록하기도 하고요. 택배, 엘리베이터, 기다림과 연결해도 한 편의 글이 완성될 수 있다는 사실에 쓰고 싶다는 마음을 갖습니다. '생각'이란 걸 하게 됩니다. 별 대수롭지 않은 하루에 대해 매일 쓰게 되면 내 역사가 만들어지는 거지요. 나와 같은 아픔을 가지고 있는 사람들에게 공유하면 어떻게 될까요. "어? 저거 내 이야긴데?"라며 내 글을 기다리지 않을까요? 공감하고 위로에 하루를 살아갈 힘이 될 겁니다. 글로 타인을 도울 수 있다는 사실에 나도, 다른 사람도 세상이 아직은 살아갈 의미가 충분하다고 느낄 수 있겠지요.

매일 마주하는 일상, 어제와 오늘을 글감으로 쓸 수 있는 글, 누구나 쓸 수 있지 않을까요? 누구에게나 어제와 오늘의 경험 있고요. 시간도 공평하게 주어집니다. 대수롭지 않게 여길 것인가. 붙잡아 내 삶과 연결해서 쓸 것인가는 나와 여러분의 선택입니다. 다소 억지스러운 면이 있다 쳐도 내 삶에 의미와 가치를 부여하면 쓸 거리 충분하지 않을까요.

매일 일기를 씁니다. 특별한 경험을 했을 때도 자세히 기록합니다. 오늘처럼 대수롭지 않은 일상일지라도 건너뛰지 않고 노트에 적습니다. 몰랐습니다. 나의 하루가 역사가 되고 있다는 사실을요. 대수롭지 않은 날들이 모여 내가 잘 살

  사람들은 내게 웃는 모습이 예쁘다고 한다

아냈구나. 나 자신을 믿을 수 있는 버팀목이 된다는 걸 알았습니다. 너무 좋아서 자신의 흔적을 남겨보라고 말하며 다닙니다. 다른 사람 돕는 좋은 일이니까요.

5년의 침묵. 쓰고 싶어졌습니다. 이 한 줄을 뱉어내기까지 오래 걸릴 줄 몰랐습니다. [이은대 자이언트 북 컨설팅] 이은대 작가의 수업을 매주 듣습니다. 오프라인 기수, 나보다 늦게 입과 한 사람들의 출간 소식이 올라오면 축하 인사와 박수 치기에 바빴습니다. 이면에는 조급증, 질투와 시기도 있었습니다. 쓰지 않으면서 성과를 낸 사람들의 노력을 삐딱한 시선으로 바라보았죠. 수업 참여할 때 줌 화면 뒤에서 내 이름 석 자만 올려두고 움직이지 않았습니다. 수업만 열심히 듣는 척했지요. 남들 한 해에 책 한 권 두 권 낼 때, 작가라는 호칭을 얻어갈 때, 나는 그저 '우수 수강생' 혹은 '장기 투숙객'처럼 자리를 지키고만 있었습니다. 사람들의 한마디. "작가님! 대단해요. 어떻게 그리 수업을 하나도 빼놓지 않고 모두 들으세요?" 처음엔 칭찬으로 들었습니다. 나중엔 그 말이 수업만 들으면 뭐 해. 결과물이 없네. 저 사람은 수업만 듣는 사람이라는 꼬리표라도 붙은 것처럼 얼굴이 화끈거렸습니다. 달라져야 했는데, 금방 '괜찮아. 글은 언제든지 쓸 수 있지 뭐.'라며 가면 뒤에 나를 가두었습니다. 공동저서 집필은 참여했지만 '나의 민낯'을 보여주는 개인 저서는 쓰지 않았습니다.

[자이언트 북 컨설팅]에서는 2022년 8월부터 강도하 작가를 시작으로 한 달에 한 번 잠실 교보문고에서 '저자 사인회'를 하는데요. 매번 참여했습니다. 주인공의 자리에서 사인을 하는 작가를 보면서 '나도 저 자리에 서고 싶다.'라는 생각은 합니다. 그렇지만 글을 쓰지는 않았습니다. 누군가 물어보면 "쓰고 있어요."라고 짧게 대답만 했지요. 세월이 5년입니다. 이제는 달라져야 했습니다. 남의 이야기가 아닌 내 이야기를, 내가 새긴 문장을 세상에 내놓고 싶어졌습니다. 블로그, 일기와는 다른 개념입니다. 욕심이 언뜻언뜻 올라왔지요. 내 삶에 대한 예의, 5년 동안 쌓인 에너지, 찌질했던 내가 글쓰기 수업을 통해 알게 된 삶의 태도 등을 나와 같은 사람을 위해 써보고 싶었습니다. 인풋만 했던 삶을 아웃풋 하는 '쓰기'

라는 도구로 한 발 내딛기로 했습니다. 관찰자, 방관자에서 진짜 '작가'로 매일 쓰는 사람이 되고 싶었지요.

왜 하필 지금일까요? 완벽하지도 않으면서 '완벽주의'라는 감옥에 갇혀 있었습니다. 준비가 되면 하겠다고 했지요. 또, 이은대 작가처럼 문장을 잘 쓰면, 대단한 경험이 없다고 생각했고, '사소한 내 이야기가 무슨 도움이 될까?'라는 핑계가 내 손가락을 묶어 두었죠. 5년이라는 물리적인 시간은 나에게 세 가지 깨달음을 주었습니다.

첫째, 입력의 과부하가 한계점에 도달했습니다. 5년 동안 이은대 작가의 철학과 가치관, 수많은 문장을 머릿속에 집어넣기만 했습니다. 머리만 커졌죠. 소화되지 않은 지식은 비대해져 쓸모가 없어졌습니다. '표현의 본능'이 펜을 잡게 했습니다. 배운 내용을 출력할 때, 뇌의 신경회로가 완성된다고 하는데요. 나도 남들이 해본 '출간'이란 걸 해봐야겠다고 마음먹었죠. 준비만 할 때는 뭘 어떻게 해야 할지 알지 못했습니다. 해야 한다고 시작하니 매일 한 편 한 편 글을 쓰는 게 전부였습니다.

둘째, 타인의 흔적이 아닌 '나의 흔적'이 고팠습니다. 강사의 강의를 듣고 후기를 쓰고, 수업 내용, 책 읽고 요약하며,

메신저의 삶을 살아야겠다는 생각까지 했습니다. 스승의 강의를 통해 삶이 흔들렸던 '나'의 고백을 사람들에게 해도 괜찮겠다 느꼈습니다. 누군가는 내 삶의 이야기를 듣고 변화를 꿈꿀지도 모를 일이니까요. 정답 찾자는 게 아니고요. 흔들리는 과정 자체가 훌륭한 콘텐츠가 될 수 있다는 사실을 이제야 깨달았습니다.

셋째, 나의 이야기를 한 권의 책으로 남김으로써 내 딸들이 나중에 '엄마도 이랬구나.' 공감해 주면 좋겠다는 마음이 들었습니다. 공부하고 사람들과 부대끼며 치열하게 살았던 엄마가 있어서 자신들도 살아갈 수 있었다고 회상하는 일, 괜찮지 않을까요?

책을 쓰겠다고 팔 걷어붙이고 초고를 한 편 한 편 쓴 적 있습니다. 블로그, 일기는 물론이고요. 자기 검열 때문에 매번 백스페이스를 눌러 지워버렸지요. 썼다 지웠다 반복하면서 멈췄습니다. 수업을 들을 땐 곧바로 실행에 옮길 수 있을 거라 생각했는데요. 이내 빈 화면을 노려만 보다가 닫아 버린 적이 한두 번이 아닙니다. 수첩, 노트 등 메모는 가득했습니다. 막상 내 생각을 글로 올리자니 '나 같은 사람이 이런 말을 글로 써도 되나?'라는 머릿속 원숭이가 고개를 들고 막아버렸죠. 그렇게 숨바꼭질 반복했습니다. 그나마도 수업을 계속 들었기에 갈팡질팡 속에서도 거대한 성 자이언트 안에서 버틸 수 있었습니다.

이은대 작가의 "기분이 좋아야 좋은 글이 나옵니다. 그냥 편안하게 쓰면 좋겠습니다."라는 말을 듣고 시작했습니다. 쉽게 멈춰서 그렇지, 시도는 여러 번 했습니다. 끊임없이 나와의 싸움에서 '쓰고 싶은 사람'으로 연결할 수 있었던 건 매회 빠지지 않고 수업을 들었다는 겁니다. '보여주기식' 삶의 파편들 대신 일상의 관찰을, 오늘 내가 한 일을 고백하듯 써보자 했습니다. 여전히 어설픕니다. 이번만큼은 완성을 해보고 싶습니다. 화려한 문장 쓰지 못합니다. 이게 나인걸요. 그냥 있는 그대로의 나, 가면 속에 숨었던 나의 민낯을 서슴없이 공개하려고 합니다. '진짜 내 모습' 사실 나도 궁금합니다. 내 이야기를 쓰는 것이 세상과 소통하는 정직한 방법이란 걸 늦게 알았습니다.

제목에 '훅' 하고 놀랐던 일, 수업을 듣다 잠을 이기지 못해 침 흘리고 졸았던 일, 문장 하나 가지고 생각에 빠졌다가 다

  사람들은 내게 웃는 모습이 예쁘다고 한다

음 문장을 잇지 못하고 화면을 닫아 버렸던 일 등 시시콜콜한 일상을 써보기로 했습니다. 굳게 닫혔던 댐의 수문을 열겠습니다. 이 글이 나처럼 아직도 자기 검열에 빠져 움직이지 못하거나 두려움에 떨고 있는 사람들에게 '별거 아니구나. 저 사람도 5년 만에 썼다잖아.'라고 편하게 다가갔으면 좋겠습니다.

5년 동안, 아니 그 훨씬 전부터 나는 '준비'만 했습니다. 강의를 들었고요. 쓰라고 해도 고개만 끄덕이고 하지 않았습니다. 서툴지만 나의 이야기를 완성해 보려고 합니다. 숙성의 시간을 보냈다고 생각하기로 했습니다. 휘둘리지 않고 단단해졌다고 믿고 싶었습니다. 이 고백이 '나도 그랬는데. 이거 내 이야기인데?'라고 느끼는 여러분에게 작은 불씨가 되면 좋겠습니다. 완벽한 때는 오지 않았습니다. 다만, 마음에서 쓰고 싶다는 동력이 타이밍과 함께 찾아왔을 뿐입니다. 함께 흔적을 남겼으면 좋겠습니다.

글쓰기는 거창한 문장을 쓰는 게 아닙니다. 첫 문장을 그냥 시작하고 다음 문장을 받아 한 줄 한 줄 구체적인 실천 방안을 제안하기도 하고요. 5년간의 내 경험을 진솔하게 들려

주는 것도 좋습니다. 나의 아픔과 상처가 다른 사람에게는
또 다른 윤활유가 될 것입니다. 묵묵히 견뎌낸 침묵의 시간.
세상은 나의 완벽함을 원하지 않습니다. 서툴지만 내 이야기
를 듣고 싶어 하죠. 첫 문장을 썼습니다. 다음 문장을 이어갑
니다. 계속해서 내가 찾은 문장을 입힙니다. 이런 과정이 나
를 더 단단하게 해줄 겁니다.

 사람들은 내게 웃는 모습이 예쁘다고 한다

6

다음 생은 없으니까

‘어떻게든 되겠지!’ 안일한 생각으로 살았습니다. 제법 잘하는 사람인 척했습니다. 철저한 관찰자의 입장에서 수업에 참여했고요. 루틴이라고 할 수도 있겠네요. 강사의 수업을 듣고 책을 출간해서 자신의 입지를 굳혀 나가는 작가를 바라보고도 ‘그래, 저 사람이니까 할 수 있었지.’ 나는 준비 좀 더 하고. ‘다음 기회가 있겠지.’라며 관객처럼 안락함을 즐겼습니다. 5년이 흘렀습니다.

간혹 유튜브 짤을 즐겨 봅니다. 나에게 주는 보너스라는 명목으로 기회를 주는 거지요.

배우 김희선을 좋아합니다. 젊어서는 통통 튀는 매력이 귀엽고 깜찍해서 보았고요. 40대 후반으로 접어든 김희선은 경험이 받쳐주는 믿고 보는 배우로 인식이 달라졌지요. 작년 11월부터 12월까지 방영된 드라마 〈다음 생은 없으니까〉를 우연히 만났습니다. 김희선이 보여 클릭했습니다. 영상 속 김희선은 전설적인 쇼호스트였습니다. 두 아들의 엄마가 된 김희선은 아이들이 흘린 크레파스에 미끄러지고, 칭얼대는 아들 틈에서 자신의 이름을 잃어버린 채 한숨짓고 있었습니다. 김희선의 모습과 내 모습이 겹쳐 보였습니다. 나 역시 프리랜서라는 달콤한 수식어 뒤에 숨어 정작 진짜 내 삶의 목소리는 내지 못하고 외면하고 있었습니다. '나, 다시 일하고 싶다. 내 이름 찾고 싶다.'라고 울먹이던 주인공 김희선의 대사가 심장을 날카롭게 찔렀습니다. '나는 무엇을 위해 지금까지 준비만 하고 있는가?'라는 위기감이 엄습해왔습니다.

되도 않는 결심을 하고 키보드를 두들겼습니다. 금방 시들해졌습니다. 아이러니하게도 배운 지식들이 내 손을 묶었습니다. 문장 하나를 쓰려고 해도 이은대 작가의 목소리가 환청처럼 들렸습니다. "그 문장은 여기에 들어갈 게 아니지요. 접속사 모두 빼세요. 빼도 말이 되는 건 빼는 게 정답입니다." 등의 질문 앞에서 멈췄습니다. 주인공 나정이 면접 현장에서 "나이 많은 경단녀"라는 차가운 시선을 견뎌냅니다. 나는 '네가 작가이긴 하니?'라는 자격지심과 싸웠습니다. 단단

 사람들은 내게 웃는 모습이 예쁘다고 한다

해졌다고 믿었지만 순간순간 올라오는 감정은 어쩔 도리가 없었습니다. 글쓰기와 5년간의 강의 수강으로 완벽주의에서 벗어났다고 착각했습니다. 지독한 감옥이 나를 가뒀지요.

　드라마 속 주인공 나정은 아이가 아픈 절망적인 상황 속에서도 쇼호스트 면접을 봅니다. '다음 생은 없으니까 지금 내 삶에 최선을 다해야지.'라고 자신을 다독입니다. 나는 은연중에 '다음 생은 잘 되겠지!'라는 비겁한 겁쟁이로 숨어 있었습니다. 김희선의 극 중 역할과 활동 모습이 비스듬히 누워 있던 나를 일으켰습니다. 잊을 만하면 책 쓰기 스승인 이은대 작가의 채찍이 생각났습니다. "쓰지 않는 자는 작가가 아닙니다."라고 말씀하실 때마다 찔립니다. 과거와 미래는 없습니다. '지금'이 중요하다는 건 다 알 거고요. 오늘을 치열하게 살아내야 한다는 사실을 확인했습니다. 관객석에서 일어나 나왔습니다. 서툰 첫 문장을 깜빡이는 커서 위에 옮겼습니다. 주인공 나정이 끝내는 쇼호스트로서 자리 매김을 해 삶을 개척해 나갔듯이, 나 또한 '작가'로서, 강사로서, 엄마로서 지금을 살아가기 위해 노력해야 할 때라는 사실을 잘 압니다. 이번 생의 실전을 자꾸만 뒤로 미루는 도피처가 되지 않도록 해야겠지요.

'다음 생은 없으니까. 오늘을 후회 없이 치열하게 살아야지.'

이번 생은 연습도 있지만 과정과 성과도 남겨야 하는 삶이었습니다. 다음 생은 없기 때문이죠. 오늘 내가 쓰지 않고 행동하지 않으면 문장도, 그에 따른 결과도 없습니다. 그동안 시계추마냥 왔다 갔다 했을지라도 오늘 완벽하지 않은 나를 세상에 내놓을 용기가 필요한지도 모르겠습니다. 내 삶의 본질적 가치와 의미를 찾고 싶었습니다. 다음 생으로 미루지 말고 지금의 나를 책임져야 했습니다. 공백을 깨고 공부만 하는 수강생에서 '쓰는 자'의 모습으로 탈바꿈하기 위해 옷을 갖춰 입었습니다. 치열하게 살았던 20대까지는 아니지만 내 행동에 책임질 줄 아는 50대 완숙한 '나'로 돌아왔습니다. 지난 내 삶의 누추하고 아픈 구석들을 하나씩 꺼내 놓기 시작했습니다. 그리고 만나는 사람마다 나에 대해 이야기했습니다. "나는 오늘 이런 실패를 했습니다.", "5년 동안 완벽하면 쓰려고 준비만 했습니다." 막상 뚜껑을 열고 써 내려가니 매일 해야 할 일을 하기 위해 움직이게 되었습니다.

우리는 흔히 '완벽한 때'를 기다리며, 인생의 중요한 순간들을 자꾸만 뒤로 미루곤 합니다. 기억해야 할 사실은 준비

　사람들은 내게 웃는 모습이 예쁘다고 한다

가 덜 되었다고 느끼는 순간이 우리의 인생에서 젊고 가능성 있는 시간이라고 생각합니다. 인풋만 하던 내가 깨달은 진실이 있지요. 세상은 나의 정답을 원하는 게 아니라, 내가 정답을 찾아가는 '치열한 흔적'을 원한다는 사실입니다. 아픔과 상처, 지질함, 망설임조차도 훌륭한 나의 경험이 됩니다.

아무리 생각해 봐도 다음 생은 없습니다. 지금 나의 역사를 기록으로 남기는 것이 중요합니다. 화면 뒤에 숨어 다른 사람에게 박수만 쳐 주지 말고 무대의 주인공이 되어 나처럼 힘들어하는 사람들에게 도움이 될 만한 대사를 외치는 겁니다. 우리 모두 한 번은 시원하게 소리쳐 봐야 하지 않겠습니까. 내 첫 문장이 세상을 바꿀 수는 없습니다. 하지만, 확신합니다. 나와 우리의 삶을 다시 쓰게 하기엔 충분하다는 것을요. 다음 생의 나에게 미안하지 않도록, 지금의 내가 다시 일어설 수 있도록 나만의 오늘을 정리하면 좋겠습니다.

7

후회하기 싫어서, 사랑하기로 했다

오후 3시. 커튼 사이로 비집고 들어오는 햇살이 유난히 강합니다. 분명 책상 앞에 앉아 두 개의 모니터와 씨름하고 있었습니다. 화면 속 깜빡이는 커서가 나를 기다리고 있었고요. 그런데 말이지요. '두두두두' 깜빡이는 커서 앞에는 한글의 자음 '디귿자'가 잔뜩 자리를 차지하고 있는 게 보였습니다. 또 졸았던 게지요. 잠을 이길 재간이 없습니다. '빽' 하면 잠이 쏟아집니다. 갱년기가 다시 찾아온 건지, 아니면 그간의 팽팽하게 당겨져 있던 긴장의 끈이 한순간에 느슨해진 건지 도통 가늠하기 어렵습니다. 머리로는 '오늘 해야 할 일이 이거지?'라고 생각하지만, 몸은 이미 정신에게 지배당했습니다. 아무 죄책감 없이 침대에 가 눕거나 정신을 차려보면, 또는 누군가의 호출 전화벨 소리에 놀라 눈을 뜨면 어김없이 침대에 누워 있는 나를 발견합니다. 습관적으로 눈을 감을 때도 있습니다. 베개에 머리를 묻는 순간 나는 빨려들어 가듯 잠에 취합니다. 깨면 지독한 자기혐오로 변합니다. 안타까운 것은 시간을 허비하고 있다는 생각입니다. 꿈인지 생시인지 모를 몽롱함 속에서 하루를 보내는 날이 많습니다. 1시간, 2시간. 오전과 오후가 통째로 증발해 버릴 때도 있습니다. 눈을 떴을 때, 해가 중천에 떠 있을 때도 있고, 방안 가득 어슴푸레한 노을이 나를 맞이할 때도 있습니다. '오늘도 너는 아무것도 하지 않았구나.' 사망 선고처럼 내려앉습니다. 침대는 나를 집어삼키는 거대한 늪으로 변했습니다.

더는 안 되겠다 싶어 침대에서 내려와 욕실로 향했습니다. 기울 속에는 퉁퉁 붓고 푸석푸석한 낯선 얼굴의 여자가 서 있었습니다. 눈빛은 초점을 잃었습니다. 거울 속 여자가 '인생 바꾸겠다고 자기 계발을 했던 사람이 맞나?' 싶었습니다.

일도 똑 부러지게 했었고, 일과가 끝나면 자기 계발을 위해 강의도 빠짐없이 열정적으로 들었던 나였습니다. 한 편의 글을 제법 분량 채워 쓰기도 했었고요. 광고주와의 통화도 거뜬했습니다. 지금의 나는 왜 이토록 무기력한 것일까요? 단순히 게을러졌다고 생각했습니다. 나와 같은 길을 걷고 있는 동료 이현주 작가도 잠이 쏟아져 죽겠다고 자주 말했습니다. 어쩌다가 나를 좋아하는 안지영 작가와 통화할 때도 그녀도 잠이 쏟아진다고 고민을 털어놓았지요. 번아웃과 '정체기'가 뒤섞인 복합적인 위기라고 생각했습니다.

글이 쓰고 싶어졌고, 흔적을 남기기 시작했습니다. 정작 내 몸과 마음이 따라주지 않았습니다. 자고 싶은 욕구 뒤에 숨겨진 건 '현재 내가 안고 있는 실패에 대한 두려움, 회피'가 얽히고설켜 있었습니다. 글 쓰다가 밑천 드러날까 봐, 내 이야기가 사람들로부터 공감 받지 못할까 봐, 다가오는 카드 값을 갚기가 버거워 잠이라는 도피처를 선택했습니다. 현실을 외면하고 싶었던 거지요. 거울 속 여자가 묻습니다. "미친 거지 네가. 어쩌자고 또 잔 거야. 그러다 너 정말 후회한다. 이렇게 생을 마감할 거니? 정신 차려!"

무기력에서 허우적거렸습니다. 현실을 받아들이지 못했습니다. 그날도 수업이 있었죠. 아무 생각 없이 늘 그렇듯 수업에 참여했습니다. 이은대 작가의 말이 정신을 번쩍 나게 했습니다. "세상은 불공평합니다. 그러나 시간만큼은 공평하죠. 내가 지금 시간을 어떻게 쓰느냐에 따라 내 남은 인생이

  사람들은 내게 웃는 모습이 예쁘다고 한다

달라질 겁니다. 나에게 집중하면 좋겠습니다." 심장이 '쿵' 내려앉았습니다. 타인을 위해서, 아니면 다른 사람 흉을 보면서 탓하면서 살았습니다. 잘 보이기 위해 나는 없었지요. 지쳤던 모양입니다. 후회하기 싫었습니다.

이은대 작가의 말대로 '나'를 사랑해 보기로 했습니다. '후회'라는 단어를 '사랑'이라는 단어로 바꾸기로 했습니다. 찡그리기 대신 웃기로 마음먹었고요. 있는 그대로의 나를 온전히 사랑하기로 했습니다. 다시 잠이 쏟아질 때, 딱 30분만 자고 일어나기로 알람을 맞추고 약속했죠. 자고 일어난 후에는 무조건 세수하고 창문을 열었습니다. 바깥 공기를 잠깐 마신 후 책상 앞에 앉았습니다. 일기장을 꺼내 지금 나의 기분을 솔직하게 썼습니다. '오늘도 잤다. 그러나 매없이 잔 게 아니라 나에게 30분을 허락해 줬다.' 등으로 기록을 남겼지요. 블로그 인스타를 하지 못할 때는 일기장에 모두 적었습니다. 마음이 한결 가벼워지더라고요. 다른 사람 비난하는 일도 줄었습니다. 이토록 다시 정신 차리려 하는 이유가 뭘까요? 맞습니다. 다음 생은 없기 때문입니다. 후회는 늘 '하지 않은 것'에 대해 하게 됩니다. 내일이 삶의 끝이라고 했을 때, 후회하는 게 뭔가요 물으면 "그때 더 많이 잘걸."이라고 말하는 사람은 없을 겁니다. '못난 내 모습까지 더 많이 사랑할걸.' 또는 '하고 싶은 걸 더 많이 할걸.'이라고 대답하는 사람이 많을 거예요. 그 '후회'하지 않기로 했습니다.

여전히 할 일 많고, 눈꺼풀이 내려앉습니다. 예전처럼 절망하지는 않습니다. '잠깐 눈 좀 쉬어 줄까? 쉬고 싶구나. 네가!'라고 인정하고 짧은 휴식을 청합니다. 마침 셋째가 방학입니다. 휴식을 취할 때는 셋째와 잠깐 이야기를 나눕니다. 종일 엄마를 기다립니다. 일에 파묻혀 함께하지 못할 때가 많은데요. 지효와 침대에서 뒹굴기도 합니다. 그러다 보면 또 움직이게 됩니다. 일기장이 빼곡히 기록으로 남습니다. "욜! 김미예 잘했는데. 기특해." 혼자 쇼를 합니다. 잠과 무기력 불쑥불쑥 찾아옵니다. 그때마다 나를 미워하려는 마음을 사랑으로 돌려세웁니다. 괜찮다고 말해줍니다.

지금 이 글을 읽고 있는 여러분도 혹시 무기력의 터널에 계신가요? 갱년기의 열감 때문에, 혹은 우울하고 계속 눕고 싶고, 시간을 버리고 있다는 생각에 괴로운가요? 이런 나를 잠시 그대로 바라봐 주면 좋겠습니다. 내가 또는 여러분이

자고 싶은 것은 그동안 열심히 살아왔다는 증거니까요. '안전 신호'라고 말하고 싶습니다. 잠시 숨 고를 시간을 허락하는 겁니다. 후회는요. 삶을 후퇴하게 만듭니다. 사랑은요. 나를 일으켜 세웁니다.

오늘 하루 허비했다고 느껴진다면, 딱 한 줄 '오늘은 나를 위해서 쉬었다. 그것으로 충분해. 고맙다.'라고 써보시길 바랄게요. 내가 했던 '나'를 지키는 나름의 방법입니다. 그 한 줄이 한결 마음을 가볍게 해줍니다. 못난 흔적들이 모여 내게 단단한 리듬을 심어 줍니다. '나도 그랬어요.'라는 위로의 말이 당신을 숨 쉬게 도와줄 겁니다.

단, 주의할 점이 있습니다. 늘어지고 무기력해지는 나 자신을 그대로 방치만 해서는 안 된다는 사실입니다. 하루쯤, 또는 잠시 자신을 편안하게 두고 위로하고 토닥거리는 것도 꼭 필요합니다. 하지만, 결국 다시 일어나서 앞으로 나아가야 하지 않겠습니까. 두 걸음 전진을 위해 한 걸음 쉬는 거란 사실을 잊지 말아야 합니다. 그래야 진정한 휴식의 의미가 있겠지요.

8

어떤 문장, 그리고 커피 한 잔

커피를 좋아하지는 않습니다. 오늘은 한 잔 탔습니다. 아무래도 작가 코스프레 좀 할 모양입니다. 책상 위에 커피 잔을 올려놓았습니다. 준비되었다는 신호입니다. 책상 앞 의자에 앉았습니다. 박화요비의 〈Lie〉 노래를 틀었습니다. 좋아하는 노래입니다. 가수의 이름을 꾹꾹 눌러 썼습니다. 커피 한 모금 마셨습니다.

'마음은 한창인데 얼굴과 몸은 오십 넘었다.' 이은대 작가의 책 『나이 오십은 얼마나 위대한가』의 들어가는 글에 나오는 문장입니다. 왜 이 문장에 밑줄을 그었을까요. 30대에 결혼을 하고 딸을 낳았습니다. 빨리 돈을 벌고 싶었습니다. 하면 안 되는 곳에 투자했습니다. 두 달의 짧은 행복 뒤에, 11년 개고생했습니다. 30대와 40대 통째로 날려버렸습니다. 투자한 돈 흔적도 없이 사라졌습니다. 다시 정상으로 돌아오기까지 오랜 시간 걸렸습니다. 그러다 보니 오십 훌쩍 넘어버렸습니다. 억울했습니다. 누가 투자하란 것도 아니었지만, 한순간 욕심이 모든 걸 나락으로 끌어 내렸습니다. 이후 빚을 갚기 위해 목숨 바쳐 일했습니다. 쉬는 날 없었고요. 아이들과 노는 일은 꿈도 꾸지 못했습니다. 남편과의 여행 그런 건 생각도 하지 못했습니다. 여전히 빚을 갚고 있습니다.

마음은 아직도 서른의 청춘에 머물러 있는데요. 몸은 여기저기 아프고 얼굴엔 주름이 생겼습니다. 시장에 나가 반찬거리를 사려고 할 때 "아줌마! 그 물건 좋아요. 사세요. 싸게 줄게." 아줌마란 말 듣기 싫어합니다. 집었던 물건 제자리에 놓고 기분 니쁜 표정을 숨기지 못하고 핵 돌아서 나옵니다. 분명 아줌마가 맞는데 그 소리가 영 듣기 거북한 거죠. 지금 스무 살로 돌아가라고 하면 가고 싶지는 않습니다. 지금이야말로 나다운 삶을 살 기회인데 그래도 아쉽습니다. 예전에 비해 오십은 아직 한창이거든요. 오십에 할 수 있는 일이 있고, 젊음을 유지하면서 인생을 살 수 있으니까요.
'스무 살의 나에게는 겸손을 말해주고 싶고, 서른의 나에게는 멈춤을 전해주려 하고, 마흔의 나에게는 괜찮다는 위로 전해주고 싶습니다.' 『작가의 인생 공부』도 마찬가지로 이은대 작가의 책에서 문장 하나 가져왔습니다. 20대에 누군가로부터 책을 읽으면 돈도 벌 수 있고 성공할 수 있다는 말을 들었습니다. 서점으로 달려가 책을 읽기 시작했지요. 치열하게 읽었습니다. 내 안에 스펙이 없다는 결핍이 책을 읽게 했습니다. 하나씩 알게 되었습니다. '안다.'라는 의미가 겸손이어야 했는데. 나는 잘난 척했습니다. 가르치려 들었습니다. 서른 즈음에는 멈출 줄 모르고 질주했습니다. 돈을 좇았죠. 나아지는 기색 없이 더 바쁘고 숨을 쉴 수 없을 정도였습니다. 그럼에도 멈추지 못했습니다. 일에 더 미쳤죠. 아이들의 재롱을 보지 못했습니다. 남편의 말에 호응도 하지 못하고 내 눈은 허공에 머물렀습니다. 오직 돈을 벌어야 한다는 생각에 일이 우선이었습니다. 가족도 몸도 돌보지 못했습니다. 아프다는 말도 내겐 사치였지요. 쓰러지기 직전까지도 종종거렸습니다. 마흔에 휘청거렸습니다. 2019년 스트레스로 대상포진에 걸렸습니다. 몸이 엉망이었습니다. 온몸에 올라온 수포. 가려움을 견디지 못하고 긁어 생채기를 냈습니다. 상처 때문에 의기소침하고 무너졌습니다. '괜찮다.'라는 위로도 약이 될 수 없었습니다.

   사람들은 내게 웃는 모습이 예쁘다고 한다

이 문장 앞에서 '진짜 나'와 마주했습니다. 미안했습니다. 지나온 세월에 가슴이 한쪽이 시큰해졌습니다. 견디고 버텨 준 나에게 고마웠습니다.

'사진을 찍으면서 또 한 번 깨달았습니다. 세상은 내가 보고 싶어 하는 만큼 보여 준다는 걸, 그러니까 재미있게 살고자 마음먹은 사람에게 이 세상은 재미투성이라는 걸.' 김혜남 작가의 책 『만일 내가 인생을 다시 산다면』의 한 문장입니다. 어릴 때는 농사짓는 부모님 일 돕느라 재미라는 걸 알지 못했습니다.

일을 해야 하루 살아낼 수 있었고요. 밥값을 해야 했습니다. 성인이 되어서는 돈을 벌어야 한다는 생각에 노심초사 동동거리며 살았습니다. 40대에 가지고 있던 아니, 남의 돈 무서운 줄 모르고 썼다가 쫄딱 말아먹었습니다. 해결해야 할 일들이 많았습니다. 옆도 뒤도 돌아볼 여력이 없었지요. 서울 생활 정리하고 남편이 일하는 아산으로 내려왔습니다. 1년쯤 멈춰 나를 돌보기로 했지요. 당장 돈이 아쉬웠습니다. 그런데요. 살고 싶었습니다. 브런치라는 것도 경험해 보고요. 남들처럼 카페에 앉아 수다도 떨고 생각도 하고 나에게 기회를 주고 싶었습니다. 오십을 그냥 흘려보낸다는 게 아쉬웠습니다. 사는 게 바빠 어디 여행이라 할 만한 시간도 없었는데요. 훌쩍 떠나도 어떨까 싶을 정도로 여행에 대한 계획을 세워보기도 했습니다. 친구, 혹은 동료 작가와 카페에 가면 안 하던 행동도 합니다. 스마트폰으로 사진도 찍고요. 주변도 새로운 시선으로 바라봅니다. 오십. 내 인생에 살아갈 날이 얼마나 될지는 모르겠지만 '재미'라는 걸 선택했습니다. 그동안 해보지 않은 경험해야겠다는 생각 들었지요. 아산으로 내려온 지 1년 8개월째입니다. 그동안 많이 웃으면서 살았습니다. 그냥 웃었습니다. 좋은 일이 있어서 웃기보다, 웃으면 좋은 일이 생겼습니다. 여행도 다녀왔습니다. [주앤미 우베셀] 유튜브 촬영차 전주와 대구에서 1박 2일 여행도 했습니다. 여행 중 맛집, 책방, 카페 등을 두루 돌아보면서 새로운 세상에 눈을 떴습니다. 여행에서의 경험은 오십의 나에게 즐거움을 주었습니다. 좋은 것을 보면요. 가족 생각났고요. 좋아하는 사람과 함께 오고 싶다는 희망도 품었습니다. 세상은 내게 보고 싶은 걸 보여줬고, 재미있게 사는 것이 어떤 건지 알게 해줬습니다.

커피 한 잔 사이에 두고 어떤 문장이 내게 다가왔습니다.

책을 읽다가 문장 앞에 멈출 때가 있습니다. 생각합니다. 꾹 꾹 눌러쓴 작가의 문장 속에 내 경험을 비추어 회상하기도 합니다. 잊고 있던 일들을 문장 하나가 기억을 더듬어 끄집 어내어 줍니다.

책에서 뽑은 문장 하나에 내 생각을 기록으로 남깁니다. 오십의 인생에 나는 '재미'라는 사치를 허락합니다. 지나온 세월의 흉터가 여기저기 있습니다. '나다움'으로 새살이 돋게 하려면 힘이 되는 문장이 필요하겠지요. 단 한 줄의 문장이 나의 과거를 위로한다면, 어제와 오늘의 역사를 다시 쓸 수 있겠다는 생각 듭니다. 한 편의 글을 쓰는 동안 내 옆을 지켜 준 커피. 다 식었지만, 덕분에 마무리할 수 있었습니다. 때로 는 별것 아니라 생각하는 커피 한 잔이 내 인생을 밝게 비춰 주는 친구가 되기도 하네요. 문장 하나에 커피 한 잔, 어울리 지 않은 듯 보이지만 꽤 잘 맞습니다.

제 4장

작은 오늘이
행복하기까지

　고작 세 줄인데 그 세 줄조차 쓰지 못했습니다. 아니 쓰지 않았다는 표현이 더 정확할 겁니다. 그러면서 쓰고 있다는 착각을 했습니다. 수업 시간에 모범생인 척까지 했으니까요. 쓰면 기록으로 쌓인다는 사실을 알면서도 귀찮아 쓰지 않았습니다. 기억할 수 있다고 자만했지요. [자이언트 북 컨설팅]에서 이은대 작가의 수업을 5년째 듣고 있습니다. 두 시간 강의 후 줌 화면이 닫히면 내 마음도 열리지 않습니다. 글을 쓰면 '글 사랑 카페'에 올리는데요. 남들이 볼까 봐 올리지 않았습니다. 매일 글 써서 카페에 올리는 작가들의 글을 훔쳐보기만 했습니다. 잠깐 머릿속이 복잡해집니다. '저 작가는 매일 써서 올리는데 나는 뭘 하나. 너도 써야 하지 않겠니?' 혼자 질문합니다. 답은 하지 않습니다. 안 할 게 뻔하기 때문입니다. 5년을 들었습니다. 마음속에 '잘 써야 한다.'라는 부담을 안고 책상 앞에 앉으니 키보드와 한글 파일 화면을 노려보기만 하다가 이내 중단하는 거지요. '잘 쓰는 것'보다 '쓰는 자체'가 중요한데도 눈치만 보다가 쓰지 않는 쪽을 선택합니다. 이미 쓰는 사람은 저만치 달아나는데도 둔해집니다. 고질적인 병에 가까운데요. 수업을 오래 많이 들었다는 이유로 '작품'을 쓰려고 합니다. 완벽한 문장을 써야 할 것 같고, 누군가 읽었을 때 잘 썼다는 피드백을 받고 싶었지요. 그러니 쓰지 못하고 키보드에 손만 얹었다가 한껏 폼만 잡고 포기하고 마는 거였습니다. 수업 시간에 이은대 작가가 당부하는데도 잘되지 않았습니다. 잘 써야 한다는 강박을 벗어날 수 없었습니다. 수업 시간에 채팅창에 독자에게 전하는 메시지 한 줄 쓰라고 해도 벌벌 떨면서 올리지 않습니다. 정답을 쓰려고 했고, 욕심 때문이겠지요.

글을 잘 쓰고 싶었습니다. 수업 시간에 글 잘 쓰는 방법, 하루를 밀도 있게 보내는 법, 지혜롭게 살아가는 방법 등 인생을 잘 살아갈 수 있도록 다양하게 전해주십니다. 매번 잘 듣고도 오늘의 일과 연결시키지 못해 끝내는 키보드에서 손을 떼고 맙니다. 분명 쓸 수 있겠다 싶었고, 하고 싶은 말이 있었습니다. 그런데 왜 책만 쓰려고 하면 부자연스러울까요. 블로그 글을 쓸 때만 해도 그렇게 부담스럽지 않은데 '책'이라는 명제 앞에서는 맥을 못 추는지 이해할 수 없었습니다. 오늘도 깜빡이는 커서를 노려보았습니다. 세 줄은 고사하고 일기도 쓰고 싶을 때 쓰고 어떤 날은 아무렇지도 않게 건너뜁니다.

"세 줄 에세이 써 보세요. 내 말 듣고 한 번만 써봐요." 목에 핏대가 서도록 권합니다. 글쓰기에 대한 두려움을 없애는 데 '세 줄 에세이'는 놀라운 효과가 있다고 말씀하십니다. 딱 세 줄이면 되니 부담과 욕심 내려놓고 써보는 겁니다. 여기서 중요한 것은 어떤 내용을 썼느냐가 아니라, 내가 세 줄을 '썼다.'라는 사실입니다. 하루를 돌아봤을 때 언뜻 기억이 나지 않을 때도 있습니다. 그럴 땐 이렇게 쓰라고도 말씀하셨습니다. '무슨 일이 있었냐면요?'라고 시작해도 좋다고 말입니다. 다 썼으면 오늘 낮에 있었던 일상 루틴으로 시작해도 되고요. 오늘 무슨 일이 있었는가. 무엇을 느꼈는가. 왜 그런 감정을 느꼈는지 써 보는 겁니다. 마지막 줄에는 하고 싶은 말 즉, 독자에게 전할 한마디를 정리하면 됩니다. 쉽지 않지만 해보면 자신의 감각이 깨어나는 경험을 할 수 있습니다.

   사람들은 내게 웃는 모습이 예쁘다고 한다

자! 써 볼까요?

　둘째 지유 교복을 맞추러 갔습니다. 고등학교 입학을 앞두고 있습니다. 마음이 바쁠 때는 오만 가지 일이 다 겹칩니다. 그렇다고 엄마로서 아이 교복을 혼자 맞추고 오라고 할 수 없었지요. 갈 때는 번거롭고 가기 싫고 돈 들어가니 최대한 미루고 또 미루고 싶었습니다. '스마트 아산점'에 도착했습니다. 오후 1시 예약이었지요. 스마트 교복 안은 학생과 함께 온 보호자들로 붐볐습니다. 속에 반팔을 입고 오라고 했었는데 급히 오느라 챙겨 입지 못했습니다. 매장에서 여분의 옷으로 갈아입었습니다. 지유 몸에 맞는 치수를 쟀습니다. 치마, 와이셔츠, 조끼, 야구 점퍼와 후드 집업이 겨울에 입을 수 있는 교복이었습니다. 동복을 맞추고 나서는 하복과 생활복, 체육복까지 순식간에 치수를 쟀습니다. 와이셔츠는 여벌로 한 개씩 추가했습니다. 그 많은 사람이 있는데 직원들은 능수능란하게 학생과 메모한 전표 그대로 일사천리로 움직였습니다. 눈썰미가 대단했습니다. 지유가 갈 '한올 고등학교'는 사립학교라고 했습니다. 모든 치수를 재고 나서 계산대 앞으로 다가갔습니다. 내 눈은 휘둥그레졌습니다. 교복값이 30만 원이 넘었습니다. 계산대 앞의 남자는 내 물음에는 대답도 하지 않고 자신이 할 말만 했습니다. 동복은 2월 말에 문자 전송 예정, 하복은 4월 문자 전송 예정이니 잘 기억했다가 늦지 않게 찾아가라고 말했습니다. 궁금했습니다. 교복 값은 지원이 되는지 말입니다. 끝내 듣지 못하고 카드 결제만 하고 나왔습니다. 지유는 아직도 멍한 표정입니다. 생각지도 않았던 금액이 나가 나 또한 머릿속으로 계산기를 두들겼습니다. 고등학생이 되어 교복을 맞추는 지유의 기분을 물어보지 않았습니다. 어느새 커서 '고등학교에 가는구나.'라며 기특하다는 생각도 하지 못했습니다. 각자 다른 생각에 빠져 있었습니다. 이제는 내 키를 훌쩍 넘긴 둘째를 보니 대견하기도 하고 언제 이리 컸을까 여러 가지 생각이 들었습니다. 더 잘해주지 못해 미안했고, 이만큼 잘 자라준 둘째가 기특하기까지 했습니다. 짧지만 둘째와 데이트했습니다. 엄마와 함께여서인지 지유 얼굴에 오랜만에 번지는 미소마저도 겨울날을 녹입니다. 날씨만 춥지 않았다면 온양온천 시장에 들러 뭐라도 사줬을 텐데 문 닫은 곳도 많고 내 마음도 편치 않아 서둘러 집으로 돌아왔습니다. 바쁘고 고단할 때는 다른 일도 겹쳐 한꺼번에 옵니다. 나갔다 오니 피곤했는데요. 평소에 체력을 키워야겠습니다.

　　사람들은 내게 웃는 모습이 예쁘다고 한다

세 줄이라고 했지만 있었던 일에 대해 첫 문장을 쓰고 다음 문장을 받아서 쓰니 세 줄을 넘길 수 있었습니다. 짧은 글에 '있었던 일', '느낌', '나', '메시지'가 다 들어있습니다. 물론 메시지는 조금 더 연구하고 고민해 봐야 할 문제지만요. 에세이의 장점입니다. 거창한 주제가 아니어도 됩니다. 문장력 부족해도 상관없습니다. 중요한 것은 '이 글을 통해 내가 느낀 나의 삶'에서 이루어졌다는 사실입니다.

나도 그렇고요. 사람들은 우리 이웃의 이야기에 끌립니다. 삶을 있는 그대로, 나만의 시선으로 바라보는 데서 시작됩니다. 에세이는 누구나 쓸 수 있습니다.

뭐 대단할 것도 없는 세 줄이 무슨 효과가 있을까. 생각하겠지만 세 줄이 다섯 줄이 되고, 열 줄이 됩니다. 결국에는 1.5매 한 편의 글이 완성되겠지요. 솔직하게 쓰는 게 시작입니다. 내가 겪은 일, 느낀 감정, 내가 마주한 하루를 사람들과 나누는 것이 에세이의 출발점입니다. 생각을 글로 옮겨 적은 행위 자체가 중요하니까요.

어떠세요. 강박을 내려놓고 있었던 일 한 줄, 느낌, 독자와 나누고 싶은 메시지 그대로면 독자도 '나도 그랬는데!' 공감합니다. 마음속에 있는 이야기를 꺼내 써 내려갔으면 좋겠습니다. 한 줄씩 쓰다 보면 어쩌다 독자 마음에 밑줄 긋게 되는 문장이 나올 수 있고요. 함께 호흡할 수 있는 다리 역할을 할 수 있지 않을까요. 에세이는 정답이 없습니다. 누구나 쓸 수 있습니다. 나의 하루를 글로 옮기면 되니까요. 하루 세 줄, 10분이면 충분합니다. 길 가다 스마트폰에 써도 되고요. 메모장에 기록해도 괜찮습니다. '매일' 써보는 겁니다. 아주 솔직하게요. 여기에 즐겁고 '좋은 마음' 담으면 최고라고 생각합니다. 다듬어지지 않아 투박하지만 서툴러도 정이 가는 글. 나와 비슷한 감정을 느끼는 글이 끌립니다. 세 줄 정도니까요. 있는 그대로 내 마음 담아 진심으로 쓰면 독자가 먼저 알아줄 거라 생각합니다.

 사람들은 내게 웃는 모습이 예쁘다고 한다

2
당연한 건 없다

　여느 날과 다름없이 책 쓰기 수업을 듣고 있었습니다. 남편은 늦는다고 했습니다. 당연히 저녁을 먹고 오겠지 생각했지요. 수업 끝나고 후기를 작성하고 있는데요. '카톡' 알림이 떴습니다. 11시가 넘은 시간에 누구지? 확인했습니다. "지금 들어가고 있는 중. 라면 있나?" 자정이 다 된 시각에 주방 가스레인지 앞에 섰습니다. 라면을 찾는 남편에게 찌개를 데워 간단하게 밥상을 차리려던 참이었습니다. '딸깍, 딸깍.' 평소 라면 한 번에 붙어야 할 불꽃이 켜지지 않았습니다. 당황스러웠습니다. 이게 왜 이래? 서너 번을 반복하고 나서야 파란 불꽃이 냄비를 감쌌습니다. 화력이 좋지는 않았습니다. 문득 스치는 생각.

　'가스레인지 불꽃이 매번 당연하게 켜질 거라는 생각과 믿음은 어디에서 오는 걸까?'

가스레인지 건전지가 다 되면 불은 켜지지 않습니다. 그런데요. 나는 마흔 넘어 오십이 될 때까지, 가스레인지를 켜면 불이 나오는 것을 한 번도 의심해 본 적이 없었습니다. 가스 배관에 문제가 생길 때만 이상이 생기는 거라고 믿었습니다. 생각해 보니 남편과의 관계에서도 뭐든 당연하다고 여기고 있었다는 사실을 파란 불꽃 앞에서 마주하게 되었습니다.

남편인가 봅니다. 현관 번호키를 누르는 소리가 들렸습니다. 추운지 어깨를 잔뜩 웅크리고 들어왔습니다. 피곤해 보였습니다. 현관 센서 등이 켜졌지요. 남편은 운동화를 벗고 들어왔습니다. 첫 강의료 받아 온양온천역 ABC마트에서 사 준 운동화입니다. 검은색 운동화를 보니 오늘 남편의 고된 하루가 고스란히 느껴졌습니다. 오늘따라 투박하게 느껴졌습니다. 발이 편해야 일도 할 수 있는 거라며 사줬던 게 기억납니다.

맞벌이이기에 둘 다 똑같이 고생한다 생각했습니다. 나는 남편과 달리 하고 싶은 일하면서 운동화도, 원피스도 스스럼없이 샀습니다. 남편은 저와 달리 가장의 무게 때문인지 아끼고 아꼈습니다.

흔히 가까운 사람의 희생을 '당연하다'고 치부할 때가 있는 것 같습니다. 가장인 남편은 돈을 벌어오고, 아내는 밥을 차리거나 집안일을 하는 것, 남편이 묵묵히 내 투정을 받아주는 것, 매달 주는 생활비가 당연한 보상이라고 여겼습니다. 잘못된 생각일까요? 남편의 운동화를 보니 현장에서 얼마나 고생했을까. 다양한 사람들을 만날 텐데 서비스 업종이라고 말도 하지 못하고 견뎌낸 생존의 하루가 아니었을까. 남편이 씻으러 간 사이 현관 입구에 쭈그리고 앉아 남편의 운동화를 가지런히 놓았습니다. 내가 누리는 이 시간, 따뜻한 이 집, 각자의 방에서 편안하게 웃고 떠드는 아이들, 거실을 차지하고 매일 강의를 들을 수 있는 시간조차 남편의 노력과 처자식을 위해 버티고 건디는 덕분이 아닌가 느꼈습니다. 당연한 건 없지요. 누군가의 노력과 견딤이 아니면 어려운 일이지요. 일상 생활할 때는 알지 못합니다. 잃거나 어떠한 사건이 있고 나서야 당연하지 않음을 알게 됩니다. 30대의 나는 돈도, 젊음도, 남편의 인내심도 화수분처럼 마르지 않을 거라 여겼습니다. 그래서 남편에게 말하지 않고 투자를 하고, 날카롭게 받아치고, 남편의 침묵을 무시하고 좋지 않게 생각했습니다.

인생은 그리 호락호락하지 않았습니다. 잘못된 투자로 모든 것이 무너졌을 때, 좌절했습니다. 왜 나에게 이런 일이 일어났는지 억울했습니다. 남편은 나의 오만함과 배신감 사이에서도 침묵을 지켰습니다. 기다려줬습니다. 오십에 찾아온 갱년기로 날카로워 있을 때도, 옆에서 손과 발을 주물러 주었습니다. 잠을 자지 못할 때는 창문을 열고 선풍기의 미풍을 유지하며 옆에 있어 줬습니다. 남편의 사소하고 묵묵함이 지금의 나에게 닿았습니다.

나는 글을 쓰는 작가입니다. '당연하다.'라고 여겼던 일들을 되짚어 봅니다. 아침에 거실 커튼 사이로 비치는 햇살이 당연하지 않게 느껴집니다. 침대 위에 놓인 남편의 돋보기가 같은 자리에 놓여있다는 사실.

세상에 당연한 건 없었습니다. 누군가의 노력이 있기에 그 당연함이 일상의 소소함으로 다가온다는 걸 뒤늦게 깨달았습니다. 나이를 먹나 봅니다. 남편이 곁에 있다는 게 얼마나 다행스러운 일인지 모릅니다.

오늘 곁에 있는 사람의 투박하지만 삶을 견뎌낸 발을 한 번만 유심히 바라보면 좋겠습니다. 남편과 아내는 세상을 지탱하기 위해 하루를 치열하게 견디고 있습니다.

　나는 게으르고 정리 정돈에 서툰 사람입니다. 남편은 여전히 말솜씨가 없는 사람입니다. 그런데요. 덜 싸우고 그런 서로의 단점을 보완하며 살아가고 있습니다. 가끔 남편이 설거지를 해줄 때가 있습니다. 예전엔 "내가 할게." 했습니다. 지금은 "고마워 오빠! 덕분에 허리 좀 펼 수 있겠네."라고 말합니다. 모니터와 더 친한 나를 남편은 인정해 줍니다. 당연함 대신 남편에 대한 '감사'를 표합니다. 다름을 인정하고 부족함보다는 서로의 장점을 칭찬해 줍니다. 삶이 편안해진다는 사실을 25년 살면서 비로소 깨닫게 되었습니다. 곁에 있을 때 '고맙다.'라는 표현을 자주 해야겠습니다.

　거실 창을 통해 밖을 내다봅니다. 눈이 내리네요. 곧 남편이 올 시간입니다. 하나, 둘, 셋 현관문을 열고 들어오겠지요. 예전에는 "늦을 것 같으면 전화를 하지. 왜 이리 늦어!"라며 짜증을 냈는데요. 지금은 "오빠! 어서 와! 고생했지? 보고 싶었어."라고 밝게 웃어 보입니다. 거실 안으로 들어서는 남편을 꼭 안아 줍니다. 두 딸이 엄마 아빠 왜 이래 하면서 웃는데요. 괜찮습니다. 평범한 오늘 저녁이 당연하지 않게 존재하니 참 고맙습니다.

　내가 오늘 누리는 이 행복은 책임감 있는 남편 덕분입니다. 압력밥솥에서 치코치코 하며 나는 소리, 아이들이 밥을 찾는 일, 코 골며 자는 남편의 숨소리까지 당연한 건 없습니다. 어쩌다가 남편이 너무도 조용히 자고 있으면 불안해질 때가 있는데요. 살아 있다는 걸 확인 후에야 안도의 숨을 내쉴 수 있었습니다. 오늘 하루, 우주는 나와 남편에게 '기적'이라는 이름을 선물로 주었습니다.

'여유'란, 시간과 돈이 많아야 한다고 생각했습니다. 그들에게 주어진 특혜라고도 여겼지요. 1억 3천만 원의 빚을 11년 동안 해결하는데 나의 40대를 몰빵해야 했습니다. 사는 게 고역이었습니다. 여유는 내게 없다고 생각했습니다. 남들보다 치열하게 살아야 했습니다. 시어머니 돈이었지만 이자의 사슬에서 벗어날 수 있는 길은 오직 발로 뛰어야 한다고 믿었습니다. '빨리빨리'와 '돈'이라는 단어로 머릿속이 꽉 차 있었습니다. 아이들을 온전히 볼 수 없었고요. 일에 미쳐 있었습니다. 돈 되는 일이라면 가리지 않고 했습니다. 셋째가 생기면서 겨우 벗어날 수 있었는데요. 숨을 쉴 여유조차 없이 2022년 '보이스피싱'으로 또 다시 빚의 굴레에 얽혔습니다.

'여유'는 물리적인 시간의 공백이 아니라, 내 마음속 작은 '틈'이었습니다. 바쁜 일정 속에서도 바람을 느낄 줄 아는 사람, 하늘에 떠 있는 구름을 보고 너스레를 떨 수 있는 사람이 되는 거지요. 연습중입니다.

자기 계발과 주말부부를 5년간 하다가 아산으로 내려왔습니다. 남편의 말에 모든 걸 내려놓고 새로운 꿈에 부풀었었죠. 일하지 말고 애들 돌보며 자신의 외조만 부탁했습니다. 믿었지요. 이제부터 김미예 인생 날개 달고 여유로운 삶이 이어질 줄 알았습니다. 서울에서의 공간보다 넓어서 좋았고, 그림을 그릴 수 있겠다는 꿈을 꾸었습니다.

토요일 오후. 예전 같으면 주말에도 밀린 업무로 통화를 하거나 밀린 빨래, 냉장고 청소를 하며 몸을 혹사시키고 있을 시간입니다. 남편도 쉬고 다 귀찮아 거실 바닥에 누웠습니다. 멍하니 천장을 보았죠. 이내 베란다 창틀 쪽으로 고개를 돌렸습니다. 이사 왔을 때 보지 못했던 개미 세 마리가 줄을 지어 지나가고 있었습니다. 옛날 아파트라더니 개미가 있네요. 개미를 따라가 보았습니다. 과자 부스러기를 발견한 모양입니다. 쉼 없이 움직이고 있었습니다. 개미를 한참 동안 관찰했습니다. 부지런히 이동했습니다. 잡으려다 좀 더 지켜보았습니다. 녀석은 좁은 길을 묵묵히 자신의 목적에 따

   사람들은 내게 웃는 모습이 예쁘다고 한다

라 쉬지 않고 갔습니다. '분명 어딘가에 구멍이 있을 텐데.' 궁금했습니다. 베란다 바깥 창으로 이어졌습니다. 그냥 놔뒀습니다. 앞만 보고 가는 개미. 내 모습과 오버랩 되었습니다. 앞만 보고 짐을 짊어지고 가느라 길옆에 무슨 꽃이 피었는지, 계절이 어찌 변하는지, 아이들 방학은 언제 하는지 안중에도 없었습니다. 세 마리 개미를 지켜본 30여 분은 비생산적인 시간이었지만 오랜만에 여유롭다 느꼈습니다. 멈춰 서서 나보다 작은 생명의 생동감을 지켜볼 수 있었죠. 아산에서의 첫 번째 '여유'였습니다.

작가와 그림을 그리는 사람으로 살고 싶었습니다. 거실에 위치한 내 자리. 그리고 그림 도구. 천안에 사는 이현주 작가와 '어반 스케치' 과정을 배우기로 했습니다. 바쁘고 사는 데 급급해 문화생활이란 건 꿈도 꾸지 못했는데요. 글동무가 가까이 있어 도전할 수 있었습니다. 천안 불당동 북카페 '북하우스'에서 매주 금요일 그림을 그리기 시작했습니다. 처음 보는 사람들, 고등학교 2학년 이후 처음으로 연필을 잡아봤습니다. 내가 그림을 그렸던 사람이던가. 할 정도로 낯설었습니다. 이현주 작가는 이미 배우고 있어서 진도가 빨랐습니다. 나는 선 그리기부터 시작했습니다. 한 시간 배우는데요. 손이 기억하고 있었습니다. 그림을 그릴 수 있는 시간이 허락되어 기분이 업되었습니다. 다행인지 그림을 지도해 주는 선생님이 마침 내가 살고 있는 벽산아파트 옆 동에서 살았습니다. 인연이라 생각했지요. 매주 금요일 오후 2시가 기다려졌습니다. 저녁에는 글을 썼습니다. 블로그에 글을 올리기도 하고요. 하루 동안 있었던 일에 대해 일기를 씁니다. 매일 10분 책 읽고 문장 하나에 내 생각을 쓰기도 합니다. 이 시간이 나를 돌아보고 숨을 고를 수 있는 멈춤의 시간, 여유입니다.

따로 '여유'를 즐기는 법을 가르치지 않습니다. 오히려 무언가를 끊임없이 생산하고 소비하라고 부추깁니다. 나처럼 오십 줄에 들어선 중년 여성에게 여유란, '게으른 주부'처럼 느껴질 때가 있습니다. 하루는 작정하고 아무것도 하지 않기로 했습니다. 스마트폰을 멀리 두었죠. 시계도 벽시계뿐이기에 신경 쓰지 않았습니다. 처음 1시간은 불안하더라고요. 지금 서류 정리해야 하는데, 아웅, ai유튜브 대본 써야 하는데, 광고주와 친구에게 전화해야 하는데 등등의 생각들이 머릿속을 헤집어 놓았습니다. 2시간 이상 지나자 평온했습니다.

   사람들은 내게 웃는 모습이 예쁘다고 한다

더 이상 스마트폰에 집착하지 않았습니다. 1층 놀이터에서는 아이들 노는 소리가 들리고 간간이 엄마인 듯한 여성들의 목소리가 정적을 깼습니다. 비로소 나도 숨을 쉬었습니다. 내 인생의 주도권을 되찾은 기분이었죠. 내가 무언가를 해서 가치 있는 것이 아니라, 존재 자체로 살아갈 이유가 되었습니다. 여유를 즐길 줄 안다는 것은, 자신을 끊임없이 몰아세우던 채찍이 아니라 그동안 고생한 스스로를 다독여 주는 행위였습니다.

내가 여유로워야 타인에게도 관대해질 수 있다는 사실을 알았습니다. 남편과 둘째가 양말을 뒤집어 벗어놓으면 화부터 냈습니다. "양말 좀 제대로 벗어. 지겨워 죽겠네."라며 날을 세웠습니다. 마음의 틈을 내니 보입니다. 그럴 수도 있지. 둘째와 남편의 허물을 '여유'라는 필터로 걸러보니 비난할 일이 아니었습니다. 다른 사람 말에 휘둘리지도 않습니다. 오히려 감싸 주는 넉넉한 품을 갖게 됩니다. 5년간 한 분의 스승에게 배울 수 있었던 건 타인의 아픔을 읽어낼 수 있는 '마음의 여백'이었습니다.

지금 급하게 달려가고 있나요? 내 앞에 있는 '여유'라는 보석을 놓치고 있지는 않나요?

인생은 직선이 아니라 곡선일 때도 많습니다. 때로는 굽이 돌아가기도 하고요. 때로는 멈춰 서서 내가 걸어온 길을 제3자의 입장에서 바라보기도 해야 합니다. 오늘 당신의 일상에 '쉼표' 하나 찍고 가는 건 어떨까요. 대단한 여행이 아니어도 좋습니다. 예쁜 카페에 들러 소금 라테로 피로를 풀어보는 것도 좋고요. 사랑하는 사람의 손등을 찬찬히 쓰다듬어 주는 것도 괜찮고요. 아무 말 없이 책장을 넘기며 멈춰보는 것도 여유를 즐기는 나름의 방법이 될 수 있습니다. 여유를 즐길 수 있는 사람은 인생의 속도에 패배하지 않습니다. 자기만의 리듬으로 인생이라는 악보를 연주해 나갑니다.

내가 해본 방법인데요. 하루 세 번, 삼 분 동안, 세 가지 감각인 소리, 냄새, 촉감에만 집중해 보는 것도 좋을 거라 생각합니다. 이때 뇌도 휴식을 시작합니다. 주변에 다른 사람이 비로소 보입니다.

     사람들은 내게 웃는 모습이 예쁘다고 한다

평범함 뒤에 숨어 있는 특별함

오후 2시, 아산의 온양온천역 인근 재래시장은 활기로 가득합니다. 에코백 하나에 운동화를 신고 인파 속에 섞여 있었습니다. 헐렁한 트레이닝 바지에 체크무늬 셔츠를 걸친 모습은, 저녁 찬거리를 고민하는 영락없는 중년의 여자입니다. 불과 몇 년 전만 해도 타이트한 정장을 입고 커리어를 뽐내며 다녔는데요. 그 모습이 흐릿합니다.

아산에 처음 왔을 때, 이런 평범한 일상을 견디기가 '지랄' 같았습니다. 나를 증명해 줄 번듯한 명함도, 수치로 환산되는 성과도 없는 이곳이 마음에 들 리 없었습니다.

갱년기로 인한 불쑥불쑥 찾아오는 무기력과 쏟아지는 잠을 참을 수가 없었지요. 무작정 밖으로 나왔습니다. 글쓰기 선생님이 늘 노량진 수산시장의 사람들에 대해 이야기한 적 있습니다. 무기력해 있을 때가 아니라 했죠. 그들의 치열한 삶을 보라고 했습니다.

남편은 마트에서 일합니다. 사실 시장에 따로 나올 필요는 없습니다. 전화 한 통이면 필요한 물건은 무엇이든 남편이 퇴근길에 해결해 줍니다. 하지만 오늘은 온양온천 시장은 도대체 어떻게 생겼는지, 그 안의 사람들은 어떤 표정으로 사는지 직접 확인하고 싶었습니다. 시장통의 좁은 골목길은 나에게 전혀 다른 느낌을 주었습니다.

두부 한 모, 들기름 한 병, 흙 묻은 하지 감자 한 봉지, 초록빛 브로콜리 한 덩어리를 에코백에 담았습니다. 별거 아닌 것 같았던 식재료들이 모이니까 가방이 꽤 묵직해졌습니다. 이제 집에 돌아가야겠다 싶어 시장 안의 다음 골목길로 접어들었습니다. 길가에 쪼그리고 앉아 채소를 팔고 있는 할머니 앞에 멈춰 섰습니다. 할머니의 손은 흙먼지가 잔뜩 묻어 거칠었고, 마디마디는 세월의 풍파를 견딘 듯 굵게 불거져 있었습니다. 나는 천 원짜리 지폐 두 장을 내밀며 파릇한 비름나물을 가리켰습니다. "어르신! 이거 이천 원어치 주세요." 할머니는 검은 비닐봉지에 비름나물을 한 움큼 담으시더니 나를 올려다보며 환하게 웃으셨습니다. "아이구, 애기엄마

몇 살이우? 예쁘게 생겼네. 팔아줘서 고마워유.”라며 슬쩍 한 줌을 더 얹어 주시는 게 아니겠습니까? 투박한 손으로 건네받은 검은 비닐봉지가 유난히 묵직하고 봉긋하게 느껴졌습니다.

이 순간에 왜 요양원에 계신 친정엄마 생각이 났는지 모르겠습니다. 할머니의 넉넉한 인심에 가슴 한구석이 ‘쿵’ 하고 시려왔습니다. 그동안 내게 특별함이란 로또 1등 당첨 번호처럼 일확천금을 거머쥐는 요행 같은 거였습니다. 그런데요. 내 생각이 틀렸다는 걸 깨달았습니다. 오늘 내가 마주한 할머니의 비름나물 한 줌과 그 안에 담긴 할머니의 온기가 바로 그것이었습니다. 단돈 이천 원으로 나는 세상 두둑한 반찬거리를 얻을 수 있었고, 위로를 샀습니다.

우리는 왜 늘 부족하다고만 생각할까요? 이미 내 안에 가진 것이 차고 넘치는데도, 그것을 보지 못하고 더 가지려고 아우성치며 삽니다. 돌이켜보니 내 인생은 매일이 ‘덤’이었습니다. 11년이라는 긴 시간 동안 빚의 무게에 짓눌려 있을 때, 나를 지탱해 준 것은 남편의 인내심이었고요. 제멋대로에 일이 우선인 엄마를 매일 기다려준 딸들, 5년 동안 서툰 제자를 아끼고 기다려준 스승의 가르침까지. 이 모든 것이 삶이 나에게 덤으로 얹어 준 특별한 선물이었습니다.

　평범하다고 치부하는 일상은 수많은 기적이 겹겹이 쌓여 만들어진 '특별 한정판'입니다. 아침에 눈을 뜰 수 있다는 것, 새벽 4시 반이면 무탈하게 출근하는 남편의 뒷모습, 두 발로 시장을 누빌 수 있는 자유, 천 원으로 누군가의 정을 살 수 있다는 소소한 기쁨까지. 이 사소한 일들이 멈추는 순간에야 우리는 비로소 그것이 얼마나 특별했는지를 알게 됩니다.

　집에 돌아오니 시계가 오후 4시를 가리키고 있었습니다. 장 봐온 것들을 하나씩 풀어냈습니다. 들기름 과 감자 한 봉지는 우선 냉장고에 넣었습니다. 할머니의 정이 담긴 비름나물을 다듬었습니다. 나물을 다듬는 시간은 엉킨 내 마음을 정리하는 시간이기도 했습니다. 예전에는 지루하기만 했던 주방 일이, 이제는 재미있습니다. 레시피가 궁금하면 언제든 인터넷에서 바로바로 확인할 수 있고요, 마음 내어 식구들이 먹을 음식을 하는 시간 또한 특별하다고 생각하니 마음 넉넉해졌습니다.

　된장찌개가 보글보글 끓기 시작했고, 데친 비름나물을 고추장 양념에 조물조물 버무려 그 위에 깨소금을 뿌렸더니 제법 먹음직스러웠습니다. 살짝 데친 브로콜리에 초고추장을 곁들이니 밥상이 풍성해졌습니다. 남편과 아이들이 좋아하는 반찬으로 채워진 상을 보니 마음까지 든든해졌습니다.

예전에는 시장에서 물건을 고를 때 "아줌마! 이거 좋아요. 싸게 줄게 사요."라는 소리만 들려도 자존심이 상해 들고 있는 물건을 도로 내려놓고 휙 돌아 나오곤 했습니다. '아줌마'라는 호칭이 지독히도 듣기 싫었고, 손에 든 검은 비닐봉지가 초라해 보여 얼른 등 뒤로 숨기기도 했습니다. 참으로 옹졸한 자격지심이었습니다. 헐렁한 티셔츠 차림으로 재래시장을 활보하고, 시장 상인들의 투박한 정을 나누며, 아파트 이웃들과 먼저 인사를 나누는 지금이 훨씬 홀가분합니다. 가족들과 마주 앉아 나누는 평범한 저녁 식사 시간이야말로 세상 그 무엇보다 특별한 순간이란 걸 이제는 아니까요.

매일 반복되는 고된 삶일지라도 평범함 뒤에 숨어 있는 특별함을 발견하는 눈을 갖게 된다면, 내 삶은 매 순간 축제가 되지 않을까요? 우리는 이미 충분히 특별합니다. 단지 인정하지 않는 게 문제일 뿐입니다.

오늘 무심코 흘려보낸 '지루한 일상'은 어제 누리지 못하고 떠난 누군가가 그토록 간절히 원했던 '기적 같은 시간'입니다. 손등이 트고 갈라졌음에도 사람들에게 정을 나누는 시장 할머니의 마음이 특별함입니다. 내 곁에 있는 사소한 것들 하나하나에 정성스레 이름을 불러준다면, 세상에 하나뿐인 특별한 존재로 바뀔 겁니다. 잔잔한 음악이 흐르는 지금 이 순간도 특별합니다. 곳곳에 숨어 있는 사소한 기적들을 잊지 않고 기록하며, 오늘도 나에게 주어진 '덤'같은 하루를 의미 있게 감사히 살아내려 합니다.

　새벽 4시 반. 머리맡에서 알람 소리가 들립니다. 미칠 것 같습니다. 입술 사이로 밭은 신음이 새어 나옵니다. 눈을 감은 지 불과 서너 시간밖에 되지 않은 것 같은데, 벌써 일어나라고 등을 떠밉니다. 밖은 여전히 캄캄합니다. 남편의 출근 시간에 맞춰 알람을 설정해 두었지만, 일어나기 싫습니다.

　이불 밖 공기는 서늘하고, 이불속은 그야말로 단잠을 자기에 최적의 온도입니다. 눈도 뜨지 못한 채 더듬더듬 손을 뻗었습니다. 스마트폰이 손에 닿았습니다. 5분의 유예. 스누즈 버튼을 누르며 생각합니다. 이 짧은 시간이 나에게는 무엇과도 바꿀 수 없는 마지막 꿀잠을 잘 수 있는 기회입니다.

　5분 뒤, 진동이 다시 울립니다. 이번에는 아예 이불을 머리끝까지 뒤집어쓰고 몸을 돌돌 말아버렸습니다. '딱 10분만 더. 새벽 두 시까지 글 쓰다 잤잖아. 나 좀 가만히 내버려 둬, 제발.' 남편이 조심스레 방을 나가는 소리, 현관문이 닫히는 소리를 듣고도 일어나지 않았습니다. 오히려 알람을 완전히 꺼버렸습니다. 다시 깊은 잠 속으로 빠져들 찰나. 눅눅해진 이불의 무게 때문에 깼습니다.

"이런 젠장. 잠도 제대로 잘 수 없다니."

결국 신경질적으로 이불을 걷어차고 일어났습니다. 게슴츠레한 눈으로 욕실에 들어갔습니다. 거울 속 나는 보지 않아도 뻔했습니다. 낯선 여자가 서 있었습니다. 엉성하게 하나로 묶은 머리는 부스스 헝클어져 보기 민망했고, 퉁퉁 부은 눈은 새벽까지 무리한 티가 났습니다. 볼일을 보고 세수를 하면서도 마음은 여전히 침대 위에 가 있습니다. 자꾸만 현실을 미루고 피하고 싶은 습성은 독소처럼 남아 나를 유혹했습니다. 이불 밖으로 발가락 하나 내미는 것이 죽기보다 싫습니다. 지독하게 평범하고도 게으른 아침 풍경이 나를 비웃는 것 같습니다. 아이들도 방학이라 일찍 일어날 의무가 없었지요. 이대로 다시 눕는다면 세상 편할 것 같았습니다. 그렇게 한참을 뭉개다 마지못해 몸을 일으켰습니다. 발바닥에 닿는 차가운 방바닥의 감촉에 정신이 조금 들었습니다.

다시 안방을 돌아보았습니다. 이불은 폭격이라도 맞은 듯 어지러웠습니다. '어차피 저녁에 다시 덮을 건데 굳이 정리할 필요가 있을까? 아니, 어쩌면 이따 점심때 다시 누울지도 모르잖아.' 그렇게 자기합리화를 하며 돌아섰습니다. 문득 무질서한 침대의 풍경이 가관이었습니다. '아오! 김미예, 너 정말 이대로 살 거니? 좀 정리해야 되지 않겠어?' 흐트러진 이불의 모습은 다름 아닌 나를 그대로 보여주는 것 같았습니다. 이 사소한 무질서마저 그대로 방치하면 삶의 주도권마저 잃게 될까 봐 한참을 바라봤습니다. 이내 양손으로 이불 끝을 잡고 크게 털어냈습니다.

'착'

공기를 가르는 명쾌한 소리와 함께 엉켰던 이불이 쫙 펴졌습니다. 베개를 양옆에 나란히 놓고 이불의 사각을 잡았습니다. 카페트도 빳빳하게 펴서 정리했습니다. 단 5분. 길어야 5분입니다. 깨끗하게 정리할 수 있는 간단한 일을 왜 그동안 하지 않았을까요. 이불을 정리한 순간, 기분이 달랐습니다. 누구도 나에게 이불을 개라고 강요하지 않았는데요. 이것을 한다고 해서 당장 돈이 들어오는 것도 아닙니다. 나의 의지로 내 공간을 내가 원하는 모습으로 정돈했다는 사실이 나를 달라지게 했습니다. 언제 나태해질지 모르지만, 일단 새로웠습니다. 5분 전까지 나를 지배했던 나태함은 온데간데없고, 기분 좋은 긴장감이 찾아왔습니다. 오늘 하루 내가 마주할 그 어떤 일에도 내 의지대로 삶을 다룰 수 있다는 무언의 선언이었습니다. 삶의 핸들을 내 앞으로 꽉 당기는 의식이기도 했습니다.

인생을 바꾸고 싶다며 거창한 계획을 세우는 사람들을 봅니다. 나 또한 그랬고요. 작심삼일을 반복했습니다. 인생은 한 방의 반전이 아닙니다. 매일 아침 내가 일상에 더하는 '행복한 스푼'의 무게가 쌓여 운명의 물길을 바꿉니다.

이불을 정리하는 행동은 가사 노동이나 청소가 아닙니다. 나 자신과의 첫 번째 약속을 지키는 일입니다. 아침의 첫 단추를 주도적으로 끼운 사람은 하루 전체의 옷맵시가 흐트러지지 않습니다. 설령 일이 뜻대로 풀리지 않아 녹초가 되어도 문을 열었을 때, 나를 반겨주는 정돈된 침대는 최고의 위로가 됩니다. 침대는 주인의 게으름을 비난하지 않습니다. 그저 묵묵히 받아줍니다.

 사람들은 내게 웃는 모습이 예쁘다고 한다

'행복'은 대단한 성취 끝에 오는 보너스가 아닙니다. 이벤트도 아닙니다. 행복은 내가 통제할 수 있는 영역을 확실하게 넓혀가는 과정에서 생기는 '효능감'입니다. 게으름 대신 이불을 갠 5분의 승리가 쌓여 인내심이 되었고, 삶을 대하는 태도와 인생 2막을 준비하는 동료에게, 혹은 여전히 삶의 무게에 눌려 아침마다 이불 속으로 파고드는 당신에게 권하고 싶습니다. 당신이 누워 있던 자리를 정돈하는 것, 그것이 당신의 운명을 바꾸는 확실하고도 유일한 시작점입니다.

인생의 대역전극은 당신이 오늘 아침 마지못해 빠져나온 눅눅한 침대 위에서 시작됩니다. 알람을 끄고 다시 이불 속으로 숨는 것은 5분의 단잠을 얻는 것이 아니라 오늘 하루 당신에게 주이질 주도권을 포기하는 행위입니다. 거창한 비전 선포식보다 위대한 것은, 아무도 보지 않는 아침에 묵묵히 이불의 각을 잡고 베개를 정돈하는 당신의 성실한 손길입니다.

정돈된 이불은 저녁에 돌아올 당신을 위한 따듯한 위로의 예매권이라고 해도 좋겠습니다. 스스로를 귀하게 대접하는 사람만이 세상의 대접을 받을 자격이 있다고 생각합니다.

인생을 바꾸고 싶다면 딱 5분만 투자해도 됩니다. 이불을 개는 짧고도 강렬한 시간이 당신의 잠들었던 자존감을 깨우고, 무너진 일상을 다시 세우는 기적의 마중물이 될 것입니다. 오늘 당신이 펼친 이불 한 장이 내일 당신의 세상을 팽팽하게 지탱해 줄 것입니다.

　사람들은 내게 웃는 모습이 예쁘다고 한다

6

밥 한 끼, 햇살 한 줌, 바람 한 점,
일상의 조각을 모아

"작가님! 밥 먹으러 가요. 우리! 브런치 괜찮아요? 코다리찜 먹으러 가도 되고." [주앤미 우베셸] 공동 운영자 이현주 작가의 전화입니다. 수요일 오전 이은대 작가 수업 끝나고 바로 가자는 전화였습니다. 날 데리러 온다고 했죠. 아산에 내려와 나에게 큰 힘이 되어주는 분이지요. 안 그랬음 난 오늘도 상 위에 찬밥 데워 대충 물에 말아 김치 척 올려 먹을 분위기였거든요. 오케이!

수업 전 머리카락도 감고 옷을 갖춰 입고 화장도 했습니다. 먹으러 갈 생각에 잠도 오지 않았고요. 설렜습니다. 12시 반쯤 아파트 앞으로 이현주 작가가 모닝을 끌고 왔습니다. 신정호 주변 맛집으로 유명하다는 〈마시코〉로 향했죠. 식당 안은 이미 사람들로 북적였습니다. 달큰하면서도 매콤한 양념 냄새가 코끝을 자극했습니다. 꼬르륵 소리가 사정없이 들렸습니다. 주문하고 한쪽에 준비된 계란프라이 부치는 코너로 갔습니다. 두 개 부쳤습니다. 자리로 오니 김이 모락모락 나는 코다리찜이 상 위에 올라왔습니다. 떡볶이 떡도 함께 올려져 있었습니다. 시래기는 고명으로 얹어졌고요. 군침이 돌았습니다. 붉은 양념이 잘 밴 코다리 살을 크게 한 점 떼어 입에 넣었습니다.

"와우! 진짜 맛있다요. 그쵸? 작가님!"

마음이 통하는 동료 작가와 마주 앉아 코다리 대가리에 붙은 쫄깃한 살점까지 발라 먹는 이 시간이 대접받는 느낌이었습니다. 각자가 안고 있는 삶의 무게를 잠시 내려놓을 수 있었으니까요. '지랄'맞음이 '축제'가 되는 순간이라고 할까요. 맛에 매료되었습니다. 매콤한 양념이 가득 배인 코다리 살을 밥에 올려 먹으니 살살 녹았습니다. 고통도 오래 씹으면 달콤해진다는 것을 코다리찜이 알려주는 듯했습니다. 잘 차려진 밥상 앞에서 이런저런 이야기로 시간 가는 줄 몰랐습니다. 다시 오고 싶은 맛집이었습니다. 마음 편히 먹을 수 있어서 오랜만에 포식했습니다. 배가 도도록해졌습니다. 괜찮습니다. 아무도 내 배에 관심 없으니까요. 너스레를 떨 듯 둘은

서로 웃었습니다.

점심을 두둑하게 먹고 배가 부른 상태에서 신정호수가 내려다보이는 〈좋은 아침 페스츄리〉 카페로 자를 옮겼습니다. 높은 층고와 통창 너머로 아산의 오후 햇살이 우리를 향해 쏟아져 들어오고 있었습니다. 밥을 많이 먹고 온 상태지만 여긴 빵이 맛나기로 유명한 곳이라 한 개씩 골랐습니다. 빵 냄새가 2층까지 퍼졌습니다. 햇살 좋은 창가에 자리를 잡고 앉았습니다. 이현주 작가는 아메리카노와 페스츄리, 나는 자몽 티에 딸기 케이크를 골랐습니다. 커피 잔 위로 햇살이 비쳤습니다. 커피 위에 황금빛 윤슬을 만들어 냈습니다. 햇살은 이현주 작가의 얼굴 위에도, 내 손등 위에도 공평하게 머물다 비껴갔습니다. 따뜻한 찻잔을 두 손으로 감싸 쥐고 밖을 보았습니다. 아파트 베란다에서 혼자 맞던 햇살과는 또 다른 온기였습니다.

"작가님! 여기 좋다요. 잘 선택했네요. 햇살도 좋고요. 여기 다음에 또 오자요. 우리!"

우리는 카페에서 글쓰기에 대한 고민, [주앤미 우베셀] 유튜브 촬영에 대한 준비와 철학, 인생 2막에 대해 두서없이 이야기 나눴습니다. 매주 금요일 진행하는 [오늘을 쓴다] 작가 님들에게 주는 혜택에 대해서도 생각을 밖으로 토해냈습니 다. 햇살은 대화하는 우리의 사이사이를 메우며 영혼의 비타 민이 되어 주었습니다. 예전에 느끼지 못했던 따뜻한 위로. 이제는 압니다. 우리를 살게 하는 힘은 눈부신 성취도 한몫 하지만, 좋은 사람과 마주 앉아 무릎 위에 내려앉은 햇살 한 줌을 함께 느끼는 거라는 사실을요. 카페 전체를 가득 채운 클래식 음악과 햇살의 조화 속에서 우리의 문장들은 더 견고 하고 단단해집니다.

카페를 나와 우리는 신정호수 산책길을 걷기 시작했습니 다. 잔잔한 호수 위로 아산의 바람이 결을 만들며 지나갔습 니다. 바람이 많이 불지 않아 다행이었습니다. 호수 너머 들 판의 냄새와 겨울을 알리는 서늘함을 동시에 실어 왔습니다. 걷는 내내 바람은 얼굴에, 등 뒤로 스치고 머리카락까지 만 져주고 갔습니다.

잠깐 각자의 생각에 빠져 말없이 걸었습니다. 바람은 조용 히 우리를 따라오는 듯했습니다. "이제 다 괜찮아. 버티길 잘 했어."라고 속삭이는 것 같았습니다. 11년 동안 내 등을 떠밀 었던 것이 도망치고 싶은 '불안의 바람'이었다면, 오늘 신정

  사람들은 내게 웃는 모습이 예쁘다고 한다

호수에서 만난 바람은 나를 앞으로 나아가게 하는 '격려의 바람'이었습니다. 옆에서 보조를 묵묵히 걷는 이현주 작가의 존재 자체가 내게 든든한 바람막이이자 함께 흐르는 바람이었습니다.

호숫가를 휘감는 바람 한 점에 내 안에 남아있던 마지막 찌꺼기 같은 근심을 실어 보냈습니다. 보이지 않지만 분명히 존재하는 바람처럼. 우리가 이루고자 하는 꿈도 자라나고 있음을 느꼈습니다. 바람이 불 때마다 호수의 물결이 반짝였고, 우리의 눈빛도 물결을 닮아 반짝였습니다.

코다리찜의 매콤한 맛, 카페 창가의 햇살, 그리고 신정호숫가이 청량한 바람. 이 세 가지 조각이 모여 오늘 하루라는 완벽한 모자이크를 완성했습니다. 혼자였다면 발견하지 못했을 겁니다. 이현주 작가 덕분에 감각을 알아챌 수 있었습니다. 이제는 압니다. 작가의 삶이란, 대단한 영감 찾아 나서는 게 아니라 이현주 작가와 같은 소중한 인연과 함께 맛있는 밥을 먹고, 좋은 곳에서 차를 마시며, 바람 부는 호숫가를 걷는 '평범한 순간'들을 문장으로 빚어내는 일임을 말입니다. 결핍과 불평불만이 많았던 나에게 소박한 일상의 조각들이 얼마나 눈부신 보석인지를 가르쳐주기 위한 기다림이었을 지도 모릅니다. 각자의 집으로 돌아가는 길, 약속했죠. 내일도 우리에게 주어질 밥 한 끼, 감사히 먹고 햇살 한 줌, 정성껏 모으며 바람 한 점에 마음을 실어 글을 써서 다른 사람 돕자고 말입니다. 아산의 신정호수는 그렇게 우리 두 작가에게 '작은 오늘이 주는 위대한 행복'을 선물로 주었습니다.

혼자 먹는 밥이 허기를 채운다면, 소중한 동료와 함께 나누는 코다리찜 한 그릇은 우리의 영혼을 채우는 성찬이라 할 수 있겠습니다. 창가에 쏟아지는 햇살 속에 손을 맞잡을 친구가 있다면, 이 또한 이미 세상에서 가장 부유한 사람입니다. 바람 부는 호숫가를 함께 걸어줄 한 사람이 있다면 그 어떤 인생의 폭풍우도 비껴갈 수 있는 든든한 항구를 가진 셈입니다. 행복은 혼자 쟁취하는 전리품이 아니라 길 위에서 만난 인연들과 일상의 조각들을 나누어 가질 때 비로소 완성됩니다. 소중한 그 이름 다시 한번 불러 봅니다. 햇살과 바람과 밥 한 끼가 모두 들어 있습니다. 오늘 하루, 당신이 모은 그리고 내가 모은 소박한 일상의 조각들이 우리가 써 내려갈 인생의 첫 문장이 될 겁니다.

  사람들은 내게 웃는 모습이 예쁘다고 한다

7

차라리 행복한 바보로 살래

2004년 8월. 강남구 도곡동 2층 사무실. 200만 원에 눈이 멀었습니다. 부동산이 뭔지, 광고가 뭔지도 모른 채 입사했습니다. 부동산 광고대행사 전문 채널. 최초 여성 TM(텔레마케팅) 사원을 모집하고 있었습니다.

서미경 팀장의 안내를 받았습니다. 내 자리라고 했습니다. 책상 위에는 낯선 용어들이 가득한 스크립트, 수천 명의 이름이 적힌 데이터 리스트, 메모지, 형광펜, 볼펜 몇 자루가 놓여 있었습니다. 모니터가 꽤 컸습니다. 주인을 기다리는 듯했습니다. 떨리는 마음으로 자리에 앉았습니다. 주변을 둘러보니 선배 상담원들의 열기가 대단했습니다. 수화기를 어깨와 귀 사이에 끼우고, 양손은 미친 듯이 키보드를 두드리며 쉴 새 없이 말을 쏟아내고 있었습니다. 신기했습니다. 거절당한 분풀이라도 하듯 수화기를 신경질적으로 '쾅' 하고 내려놓는 소리가 사무실의 톱니바퀴처럼 맞물려 돌아가는 느낌이었습니다. '아! 내가 저걸 할 수 있을까?' 전화를 돌리기도 전에 손바닥에 축축하게 땀이 배어 나왔습니다.

팀장은 내 사정 따위는 봐주지 않았습니다. 대충 설명을 끝내더니 종이 한 장을 툭 던졌습니다. "자! 이제 전화해 보세요." 입사 첫날, 아무것도 모르는 나에게 전화부터 하라니요. 미치고 환장할 노릇이었습니다. 시키니까 수화기를 들었습니다. 숫자 버튼을 누르는 손가락이 덜덜 떨려 자꾸 오타가 났습니다.

"안녕하십니까, 사장님! B 뱅크입니다."

"안 해! 바빠 죽겠는데 왜 자꾸 전화질이야. 너 뭐야."

첫 통화는 30초를 채 넘기지 못했습니다. 번호를 누르고, 욕을 먹고, 다시 누르는 비참한 행위의 반복이었습니다. 거절의 방식도 다양했습니다. 어떤 사장님은 내 목소리를 듣자마자 "학교는 제대로 나왔나? 어디 할 게 없어 이런 걸 해?"라며 낄낄거렸습니다. 어떤 광고주는 다짜고짜 욕설을 퍼붓기도 했습니다. 영혼이 탈탈 털렸습니다. 200만 원 벌려다 정신병에 걸릴 것 같았습니다. 첫날부터 셋째 날까지 매일

 사람들은 내게 웃는 모습이 예쁘다고 한다

울었습니다. 광고주의 말 한마디에 상처받았습니다.

15일 정도 되었을 때였습니다, 화장실 칸막이 안에서 볼일을 보는데, 밖에서 선배들의 수군거림이 들려왔습니다.

"그 이번에 들어온 신입 있잖아! 사장이 내보내라고 했대. 도움이 전혀 안 된다고. 가망 없대."

순간 머릿속이 하얘졌습니다. 슬픔보다 걷잡을 수 없는 분노와 자존심 상했습니다. 오기도 생겼습니다.

"자기가 뭔데. 나를 알아? 왜 알지도 못하면서 사람을 평가해? 처음부터 잘하는 사람 어디 있다고. 어처구니없네."

대표의 섣부른 판단이 오히려 잠자던 승부욕에 기름을 부었습니다. '그래, 당신 콧대를 내가 반드시 납작하게 해주고 나간다!' 그때부터 나는 '똑똑하고 착한 사원'이기를 포기했습니다. 남들이 요령 피우며 쉴 때, 나는 기꺼이 '행복한 바보'가 되기로 했습니다.

전략은 단순하고도 무식했습니다. 선배와 동료 직원들이 하루 50여 통의 전화를 '숙제'처럼 해치울 때, 나는 100통, 130여 통을 돌렸습니다. 거절당한 사장님의 특징, 그 지역 주변 아파트 시세, 통화할 때 느껴진 사장님의 기분까지 상담

일지에 깨알같이 모두 적었습니다. 사람들이 귀찮아하는 '관리자 툴' 사용법을 익히기 위해 매일 한 시간씩 투자했습니다. 일찍 출근하고 늦게 퇴근했습니다. 모니터 주변은 온통 형광펜 자국이 선명한 메모지로 뒤덮였습니다.

무엇보다 나는 아무도 하지 않는 '뒷수습'에 집중했습니다. 운 좋게 광고 계약을 따내면, 거기서 끝내지 않고 6개월 동안 그 사장님의 물건을 내 일처럼 관리해 드렸습니다.

"소장님! 지난번 올리신 매물 제가 어제 새벽에 네이버 부동산에 상단 노출되게 손 좀 봐 드렸어요." 돈도 안 되는 뒷수습을 왜 하냐고 동료, 선배들이 비웃었습니다. 나는 아무도 하지 않는 뒤처리가 나의 무기가 될 거라 믿었습니다.

관심을 가지고 관리자 툴을 파고드니 어느새 선배들보다 더 전문적인 상담이 가능해졌습니다. 매일 울던 내 얼굴에도 자신감 넘치는 미소가 번지기 시작했습니다. 나를 찾는 광고주들이 하나둘 늘어났고, 입소문이 나면서 내 전화기는 불이 나기 시작했습니다.

평소 나를 무시했던 대행사 대표가 내 자리로 다가왔습니다. 그는 묘한 표정으로 내 어깨를 툭 치며 말했습니다. "제법이네. 자네 나 좀 보게. 지독한 독종이구만. 내가 인정하지. 이제 열심히 해봐. 응?” 칭찬인지 격려인지 모를 몇 마디를 던지고는 나갔습니다. 속으로 대답했습니다. ‘기다려요. 매출 1위 찍는 날, 그날 사표 던지고 나갈 거니까요.’

2006년 6월. 한 달 단독 매출 6천만 원 달성. 회사 전체가 난리가 났습니다. 듣기로 전무후무한 기록이라고 했습니다. 나를 무시했던 선배들도, 대표도 입을 다물지 못했습니다. 돈 200만 원에 눈이 멀어 들어왔던 어리버리한 상담원이, 2년 만에 부동산 광고 시장의 전설이 되었습니다.

돌이켜보면 내가 매출 6천만 원을 올릴 수 있었던 이유는 ‘영리함’이 아니라 ‘미련함’ 덕분이었습니다. 똑똑한 사람들이 거절 한 번에 계산기 두드릴 때, 나는 수화기를 한 번 더 들었습니다. 남들이 효율 따질 때, 나는 진심을 다해 뒷수습했습니다.

행복한 바보는 세상의 잣대에 휘둘리지 않습니다. 내가 정한 목표를 향해 무식하고 성실하게 밀고 나갑니다. 21년 차 전문가가 된 지금도 나는 여전히 그 시절의 ‘바보 정신’을 잊지 않습니다. 당신이 지금 인생의 거절 앞에 서 있다면, 차라리 행복한 바보가 되어 한 걸음 더 내딛어보길 바랍니다. 바보같은 오기가 여러분을 기적의 주인공으로 만들어 줄 거라 생각합니다.

누군가 당신의 가치를 함부로 평가하게 두지 말았으면 좋겠습니다. 도움 안 되는 신입이라 뒤에서 수군거려도 그들에게 보여주는 방법은 압도적인 성취뿐입니다. 똑똑하게 요령 피우는 사람들은 금방 지칩니다. 미련하게 정성을 다하는 '행복한 바보'는 결코 무너지지 않습니다. 아무도 보지 않는 곳에서 흘린 땀방울이 당신을 대체 불가능한 전문가로 만들어 줄 겁니다. 오늘, 당신의 뜨거운 심장을 믿고 '바보처럼'몰입하시길 바랍니다. 온 우주는 이미 자신의 한계를 정하지 않은 당신의 편입니다.

　사람들은 내게 웃는 모습이 예쁘다고 한다

8

덤으로 사는 인생

“와! 울 애기 헤엄 잘 친다. 더 빨리!”

“아고, 저러다 애기 죽겠다. 네 엄마는 뭐하니?”

두 살 때, 세 살 터울 작은 언니와 동네 어귀에 있는 우물에 갔었다는데요. 그때 미옥 언니가 다섯 살이었다고 들었습니다. 내가 우물에 어떻게 빠졌는지 말을 들었지만 내 기억에는 없습니다. 이제 와 그게 중요한 건 아닐 테니까요. 언니가 다섯 살이었으니 학교에 가기 전입니다. 언니는 나를 데리고 우물가에 있었던 모양입니다. 우물가에 손을 바치고 서서 물속을 본다는 게 그대로 퐁당 빠지지 않았을까요. 지나가던 거지 차림의 아저씨가 물에 빠진 나를 건져 올려 겨우 살아났다고 합니다.

일곱 살 때는 동네 산 옆에 저수지가 있었습니다. 어슴푸레 기억납니다. 저수지에서 또래 친구들과 언니, 오빠들과 수영을 하려고 했다네요. 그런데 또래 친구가 갑자기 등 뒤에서 장난이라며 밀었습니다. 나는 그대로 낙하하듯 저수지 아래로 떨어졌습니다. 신기하게도 그때도 거지가 꺼내줘서 살 수 있었다고 합니다.

수영을 못합니다. 물을 무서워합니다. 주민등록상에는 74년생으로 되어 있으나, 73년 소띠입니다. 태어났을 때부터 약했던 모양입니다. 잔병치레도 많고 애가 시들시들해서 죽을 수도 있다며 할아버지께서 출생신고를 미뤘다고 합니다.

초등학교 4학년 때는 길 위에서 잠이 들었습니다. 아침에 학교에 갈 때는 친구하고 가니까 신나게 갔는데요. 학교 끝나고 올 때는 혼자 올 때가 많았습니다. 왜냐하면 1학년 동생들 중 나머지 공부하는 애들 봐 주고 오느라 혼자 하교할 수밖에 없었습니다. 겨울엔 안 그랬는데 여름엔 거리도 멀고 해서 중간에 잠을 잤던 겁니다. 누군가 깨우는 소리에 깼지요.

"학생! 여기서 자면 무서운 할배가 잡아가. 집에 가서 자."라며 나를 흔들어 깨운 사람도 거지였습니다. 혼자 보내지 않고 우리 집 대문 앞까지 데려다주고 사라졌습니다. 똑같은 사람이었는지 나는 기억에 없습니다. 거지가 살려줬다는 것

밖에는요.

막내딸을 세 번씩이나 살려 줬다는 거지. 엄마는 밥 한 끼 따뜻하게 해서 거지에게 대접해서 돌려보냈다고 했습니다.

글을 쓰기 전에는 내 어린 시절에 대해 궁금해하지 않았습니다. 책 쓰기 스승인 이은대 작가의 강의를 오랜 기간 들으면서 나의 두 살, 일곱 살, 열한 살까지도 돌아보게 되었습니다. 나를 살린 사람이 왜 화려한 영웅이 아니라, 세상에서 가장 낮은 곳에서 살아간다는 '거지'였을까 의문이 들었지요. 나보다 약하고 상처가 있는 사람들 도와주라는 뜻이 아닐까 합니다. 할 일이 남아 있기 때문에 죽을 위기에서도 세 번씩이나 살려줬겠지요. 그래서 내 남은 인생은 '덤'으로 사는 인생이라 부릅니다. 이미 생을 세 번이나 연장 받았습니다. 지금 내게 주어진 매 순간은 당연한 권리가 아니라 〈귀한 보너스〉입니다. 덤으로 산다고 생각하면 인생의 고난이 가벼워집니다. 누군가 나를 힘들게 해도 '어차피 덤으로 받은 인생인데, 이 정도쯤이야!'라며 웃어넘길 수 있는 여유가 생깁니다.

친정엄마가 거지를 불러 밥을 대접했듯이 나 또한 누군가의 마른 가슴에 밥 한 끼 대접은 물론 잊히지 않는 문장으로 삶의 의미를 전해주고 싶습니다. 나를 구해준 그들의 손길을 기억하려 합니다. 누군가의 우물 속에 손을 뻗어 도움을 줄 수 있는 사람이 되고자 합니다.

73년 소띠, 쉼 없이 달려온 내 삶의 밭줄기는 이름 모를 은인들이 든든히 붙잡아주고 있었습니다.

이제 나는 내 손을 필요로 하는 또 다른 사람들을 위해 손을 뻗는 사람이 되기로 했습니다. 내가 살아있는 건 누군가의 보이지 않는 기도와 낯선 이의 사소한 자비가 켜켜이 쌓여 만들어진 기적의 총합입니다. 낮은 곳에서 뻗어온 손길이 가장 높은 생명의 가치라고 생각합니다. 지금 내 곁에 있는 평범하고 투박한 이웃들을 다시 들여다보려고 합니다. 그들이 나를 지키는 수호천사일 수 있다는 생각도 들었습니다. 인생이 억울하고 힘들 때, 내가 거저 받은 것들의 목록을 적어봐야겠습니다. 숨 쉬는 공기, 오늘 아침의 햇살, 나를 위기에서 구해냈던 수많은 찰나의 행운들이 나를 붙들고 있습니다. 스스로를 덤으로 사는 인생이라 여기면 세상에 용서 못할 일도, 견디지 못할 슬픔도 사라지겠지요. 이미 충분히 많은 사랑을 받은 주인공입니다. 오늘 내 손이 필요한 누군가에게 시간을 떼어줘야겠습니다. 작은 관심이 누군가에게는 평생을 지탱할 세 번째 기적이 될 수 있습니다.

[주앤미 우베셀]에서 초보 작가, 사업가, 강사, 프리랜서, 나 홍보 등을 공동 진행하고 있습니다. 이 또한 사람들을 돕는 일입니다. 희망자를 초대합니다. 인터뷰를 통해 홍보를 도와드리고 있는데요. 지금까지 60여 분이 참여하여 함께 했습니다. 2026년부터 기획부터 새롭게 변화합니다. 처음 인터뷰에 응하는 분들 모두 쑥스러워하며 인터뷰를 잘 할 수 있을지 앞에 나서기를 어려워합니다. 질문과 답을 하는 과정에서 자신이 가지고 있는 가치관과 철학을 조심스레 꺼내 놓고 점점 스며듭니다. 진행을 맡고 있는 나와 이현주 작가는 이분들이 돋보일 수 있도록 최대한 이끌어냅니다. 부끄럽고 긴장한 상태에서 왔다가 대부분의 게스트들이 얼굴 가득 편안함과 행복한 마음으로 돌아갑니다. 짧은 시간입니다. 그들의 삶을 인터뷰하면서 마음속으로 응원합니다. 덕분에 나 또한 삶을 지탱할 수 있다고 생각합니다.

'덤'이라고 여기면 매 순간이 축제가 됩니다.

제 5장

한 걸음씩
만들어가는
삶이야

행복을 만드는 사람

　사람들은 행복을 성취해야 할 '목표'라고 말합니다. 21년 차 부동산 광고 시장의 최전방에서 수만 명의 목소리를 듣고, 세 번의 죽을 고비를 넘기며 배운 행복은 조금 다릅니다. '행복'은 어딘가에 고정된 명사가 아니라 지금 이 순간 내가 움직여야 얻을 수 있는 '동사'입니다.

　행복을 만드는 사람이란 어떤 것을 말하는 걸까 내 기준에서 3가지로 적어보았습니다.

　첫째, 정직한 소음 속에서 '신뢰'라는 이름으로 치열하게 살아낸 하루 끝, 나와 마주하기

　오전 9시. 책상 위에 놓인 모니터 속 블로그 새 창과 한글 파일, 대행사 관리자 툴 등이 빛을 뿜습니다. 행복을 만드는

첫 번째 조건은 '자기 신뢰'를 통해 일의 소음을 음악, 믿음, 정돈 등으로 바꿀 줄 아는 능력이라고 생각합니다.

업무시간. 책상 앞에 놓인 스마트폰 누르는 소리. 21년 전 도곡동에서는 공포였던 이 청각적 신호가 이제는 경쾌한 비트로 들립니다. 수화기 너머로 거친 광고주의 목소리가 들려옵니다.

"매니저님, 이번 매물 왜 이렇게 연락이 없어? 너무 나태해진 거 아냐?" 예전 같으면 "죄송합니다. 빨리 알아보겠습니다."라고 벌벌 떨었겠지만, 지금의 나는 상대방의 볼멘소리에 '이분이 급하구나.'라고 소장님의 간절함을 읽어낼 수 있습니다. 모니터 화면을 응시하고 대행사 툴을 엽니다. 왜 조건 값에서 맞지 않았는지 확인합니다. 그리고 에셀로 이루어진 상담일지에 매물 데이터 관련 상담을 빠르게 입력합니다. 상단 노출을 확인하고 광고주에게 수정 완료된 부분을 안내합니다. 대표님 새고 고침 한 번 해보세요라고 말씀드리는데요. 수화기 너머로 흐르는 짧은 정적과 이내 들려오는 "역시 매니저님 최고야. 고마워요."라며 안도의 숨, 믿어주는 마음, 한 방에 해결되었다며 흐뭇해합니다. 청각적 보상이 내게 행복의 재료입니다. 행복은 이렇게 자기 믿음으로 책임감 있게 고객의 문제를 해결해 드렸을 때 나도, 상대방도 뿌듯합니다.

둘째. 결핍의 기억을 씹어 삼켜 '온기'로 재탄생시키는 어제와 오늘

고단했던 흔적을 부끄러움이 아닌 내 일부로 받아들이는 태도가 필요합니다.

정리 정돈은 물론이고 살림 못합니다. 아이 셋을 낳아 키우고 있습니다만, 일할래, 집안일 할래 물으면 당연히 일을 선택합니다. 곰살맞게 집안일도 잘하면 좋겠지만 다 주지는 않는가 봅니다. 식구들 둘러 앉아 밥을 먹거나 간식을 먹을 때는 먹을 게 별로 없어 민망할 때가 많은데요. 다 먹고 뒤돌아 싱크대를 보면 와! 이걸 다 먹었다고? 산더미처럼 쌓인 설거지가 나를 기다립니다. 숨이 턱 차오릅니다. 하기 싫거든요. 설거지. 그릇에 묻은 이물질들을 불린다는 명목으로 설거지를 미루고 미룹니다. 누가 대신 좀 설거지해 줬으면 좋겠다라는 부질없는 희망을 걸어보곤 하죠. 둘째에게 설거지 부탁해 보지만 허공에서 메아리가 되어 되돌아옵니다. 마지 못해 손에 장갑을 끼고 설거지를 시작합니다. 하기 싫어 억

지로 시작한 설거지. 내 머릿속은 그릇을 닦으며 하나씩 하루를 돌아보거나, 이렇게 할 걸 그랬다는 생각들로 꼬리를 물기 시작합니다. 이런저런 생각 속에서도 그릇들을 정리합니다. 처음 하기 싫고 왜 나만이란 생각에서 깨끗해진 싱크대 주변을 보며 혼자 중얼거립니다. '깨끗하다. 이렇게 좋은 걸. 시작할 땐 이 그리도 하기 싫다고 생각했을까.' 나도 모르게 피식 웃음으로 마무리합니다. 내 자리로 돌아 와 책상 한 귀퉁이에서 나를 올려다보는 듯한 핸드크림을 집어 들었습니다. 상처엔 마데카솔을 엷게 펴 바르고 손엔 해드크림을 발랐습니다. 발림성도 좋고 손도 보호해 주고 진작 관리할 걸. 여기저기 상처투성이입니다. 염증 때문에 몸이 성할 날이 없습니다. 거칠어진 손은 수만 번의 거절을 견디고 아이들을 키워내고, 시련을 극복한 손입니다. 사람들에게 상처를 숨기곤 했는데요. 오히려 투박한 손으로 지금까지 버텨왔습니다. 설거지는 물론, 가족의 옷을 세탁하며 촉감을 온전히 즐깁니다. 아팠던 시절 내 몸에 새겨진 고통의 감각들을 외면하지 않습니다. 애썼다고 다독여 줍니다. 좋은 마음으로 생각을 바꾸니 따뜻한 온기로 변하기 시작하네요. 상처를 겪어본 사람만이 타인의 마음도 헤아릴 수 있듯이 '결핍'을 부정적인 시선으로 보지 않았으면 좋겠습니다. 얼마든지 성장할 수 있는 마중물로 여기고 서로에게 부드러운 손을 내밀 수 있는 관계가 되길 바라봅니다.

셋째, 타인의 마음을 헤아릴 줄 아는 넓은 아량이 우리를 만든다.

오후의 산책길. 음식물 쓰레기 버리러 나왔다가 아파트 단지를 오랜만에 걸어 봅니다. 행복을 만드는 마지막 조건은 '나의 평안을 타인의 회복으로 확장하는 연대의 기술'입니다.

벽산 아파트 106동 앞에는 사람들이 쉴 수 있는 정자 하나가 있습니다. 벤치도 두 개가 맞닿아 있죠. 바람이 머리카락을 헝클어뜨립니다. 서늘한 바람은 나를 다시 2019년도 데려갑니다. 최연소 본부장으로 승진했습니다. 본부장의 역할이 정확하게 알지 못했지만 내 머릿속에는 3년의 계획이 자리 잡았습니다. 나와 뜻을 함께하는 콜센터 직원들의 복지, 콜센터의 이원화, 영업사원 발굴 및 매출 증대 등 포부가 있었지요. 의욕적으로 움직이기 위해 퇴근 후 세 시간 자기 계발에 투자했습니다. 알아야 이끌어 나갈 수 있다고 생각했거든요. 아침에 가장 먼저 출근했습니다. 식구들을 맞이하며 알뜰하게 챙겼죠. 본부장에서 부사장으로 승진한 L의 달라진 태도에 당황했습니다. 본부장에 대한 인수인계는 고사하고 매일 부사장실에 불려가 한 시간씩 훈계를 들어야 했습니다. 처음엔 본부장의 위치와 할 일에 대해 거쳐야 하는 순서로 받아들였습니다. 배워서 직원들에게 전해주고 싶다는 생각했거든요. 7년이 지난 지금에 와서 생각해 보니 그 당시 부사장은 내가 이유 없이 싫었던 겁니다. 그땐 몰랐습니다. 본부장 역할을 잘 할 수 있는 노하우를 배우고 싶었을 뿐인데 경계했구나. 아쉬움도 남고요. 곰곰 생각도 해봤습니다. 사람의 마음을 조금 더 헤아릴 수 있었다면 어땠을까. 아픔이 있었기에 상대에 대한 내 마음을 돌아볼 수 있었습니다. 부사장의 미움, 콜센터 직원들의 상황, 회사의 재정 등을 바로 바라볼 수 있는 안목이 있었다면 좀 나았을까요? 지금 시점에서 나와 연결되어 있는 사람들을 생각해 봅니다. 그들에게 마음을 기꺼이 내어 주는 게 타인의 마음을 헤아릴 줄 아는 시작이 아닐까요.

행복을 만드는 사람은 특별한 능력이 있는 초능력자가 아닙니다. 다만, 자신의 오감을 깨워 일상의 조각들을 정성껏

조립하는 장인일 뿐입니다. 작은 감각을 깨워 수집하는 과정에서 '행복'이라는 단어를 건져 올렸습니다, 잠자는 감각을 깨워봐야겠습니다. 거창한 성공을 향한 질주가 아니라 작은 감각을 깨워 행복을 모으는 수집의 과정이 필요했던 겁니다.

인생 2막은 누군가 그려놓은 설계도를 따라가는 여행이 아닙니다. 내가 직접 보고, 듣고, 맛보고, 만지며 한 걸음씩 나가는 각자만의 건축물입니다. 오감을 도구 삼아 나만의 행복을 만들어 보면 좋겠습니다. 당신은 이미 충분히 훌륭한 행복의 장인입니다.

  사람들은 내게 웃는 모습이 예쁘다고 한다

2

소소함이 쌓이면 위대함이 된다

실옥동 벽산아파트에서 살고 있습니다. 오래된 아파트이긴 하지만 다섯 식구 살기엔 딱 좋습니다. 더군다나 큰딸은 따로 살면서 가끔 내려옵니다. 서울의 빌라보다 평수 넓습니다. 지하 주차장도 있어 생활하는 데 불편함이 없습니다. 다만, 관리비는 많이 나옵니다. 거실을 내 작업 공간으로 꾸몄습니다. 책장이 왼쪽으로 있는 책상을 구매했습니다. 남편이 일 열심히 하라고 사주더군요. 책상 한가운데 모니터 두 대를 놓았습니다. 앞에는 스피커도 있고요. 구글 타이머가 함께 합니다. 마이크도 장만해서 오른쪽에 배치했습니다. 왼쪽 책장에는 [자이언트 북 컨설팅] 주관 독서 모임 '천무'에서 선정한 책들이 꽂혀 있습니다. 그 옆으로 일기장과 하루 기록장, 문장 노트, 매일 10분 요약 노트를 차례대로 각자 있어야할 자리에 놓았습니다. 거실 양옆과 뒤쪽으로 책장이 차지하고 있어요. 다른 곳은 모르겠고, 내가 일하기 편하게 준비했습니다.

책을 수집합니다. 주로 자기계발서, 에세이, 소설을 구매합니다. 책장 가득 꽂혀 있습니다. 읽었느냐? 읽지 않은 책이 더 많습니다. 누군가 "이 책 좋더라 함 읽어봐."라고 추천해주는 책도 모두 삽니다. 책상 주변 청소는 일주일에 한 번 할 때도 있고 3일에 한 번 하기도 합니다.

아산에 내려오면 어찌 사나 고민한 적 많습니다. 기우였습니다. 심심할 틈이 없습니다. 각자 바쁩니다. 모니터를 소중하게 다룹니다. 내 밥줄이기 때문입니다.

남편이 출근하고 나면 우선 침대 시트부터 정리합니다. 살림 잘하지 못하기에 눈에 보일 때 조금씩 하는 편입니다. 부자들도 아침에 일어나면 침대부터 정리한다고 들어서 하고 있습니다. 몰랐는데요. 사람 몸에서 떨어지는 먼지도 많더라고요. 그래서 카페트 털고 이불도 보기 좋게 정리합니다. 뭐하러 그렇게 정리하면서 사냐고 반문하기도 했습니다. 귀찮았거든요. 그런데요. 아침 일찍 침대를 정리하고 나니까 기분이 달라지더라고요. 일하고 돌아온 남편도 침대가 정갈하

　사람들은 내게 웃는 모습이 예쁘다고 한다

게 정돈되어있는 걸 보고 좋아했습니다. 한 평 남짓한 공간의 질서를 바로잡는 행위가 내 인생 전체의 질서를 잡는 첫 단추라고 합니다. 탁탁 펴서 정돈만 했을 뿐인데 마음가짐이 달라집니다. 처음 며칠은 하기 싫고 왜 해야 하나 의문이었는데요. 성공한 사람들이 그렇게 한다고 하더라고요. 나 또한 정리 정돈이 되어 있으면 마음이 편안하더라고요. 또 세상은 내 마음대로 흘러가지 않고, 광고주의 마음도 내 뜻대로 움직이지 않지만, 내가 정리하는 이부자리 정돈만큼은 내 손길이 닿는 대로 정직하게 펴집니다. 이 작은 통제의 경험이 매일 쌓였습니다. 21년 동안 누적된 빳빳한 이불의 숫자가, 나를 무너지지 않게 지탱하는 위대한 힘이 되었습니다. 이렇듯 나를 일으켜 세우는 '팽팽한 질서'가 있습니다.

오전 업무 중 한바탕 폭풍 같은 업무 전화가 잠시 휴식을 취할 때, 주방으로 향합니다. 쌓아 두었던 설거지를 마치고 마른행주를 들어 싱크대 구석구석 물기를 닦아냅니다. 스테인리스도 물기를 닦습니다. 물 얼룩이 사라지고 반짝거립니다. 보면 기분 좋습니다. 프리랜서로 일합니다. 잠시 잠깐 쉴 때 하지 않으면 쌓입니다. 보기 싫게 되더라고요.

치우고 나면 깨끗하고 주위도 소란하지 않습니다. 일할 때는 쉴 새 없이 나를 증명하기에 바쁩니다. 물기 하나 없는 싱크대를 바라보면 내 마음도 깨끗해지는 느낌입니다. 가득 채우기보다 있는 상태에서 반질반질하게 닦고 깨끗함을 유지하는 것, 이 지루한 반복이 쌓여 부족함이 없다는 위대한 자족의 상태에 도달했습니다.

마지막으로 세탁기에서 빨래를 꺼내옵니다. 건조기는 없습니다. 볕이 잘 드는 베란다에 널면 되니까요.

남편과 아이들의 겉옷은 앞 베란다에 지그재그로 널고 속옷은 행거에 정리해서 널고, 수건은 세 번 접어 수건 함에 차곡차곡 넣을 때 보송보송한 감촉이 나를 미소 짓게 합니다. 냄새도 좋습니다.

어떤 이에게는 그저 수건일 뿐이겠지만, 내게 수건은 '위대한 돌봄'의 증거입니다. 나와 내 가족을 돌보고, 내 공간을 돌보는 내 공간을 돌보는 사소한 손길들이 모여 우리 집이라는 우주의 온도를 유지한다고 생각합니다. 화려한 외식보다 직접 지은 밥 냄새를 선택하고, 매일 닦는 가구의 온기를 선택하는 삶. 이러한 소소한 선택들이 켜켜이 쌓이면 웬만한 시련에는 끄떡없는 단단한 마음의 소유자가 되었습니다. 우리 집에는 나를 따뜻하게 안아주는 보송보송한 위로가 있습니다.

위대함이란, 특별한 사람들의 전유물이 아닙니다. 자신의 공간을 사랑하고, 내가 가진 물건들을 소중히 다루며, 매일의 루틴을 경건하게 지켜내는 평범한 사람들의 누적된 결과물이라 하겠습니다. 소가 묵묵히 밭을 갈아 거대한 수확을 이뤄내듯, 우리 인생도 매일 아침 이불을 개고, 싱크대를 정리하고 깨끗이 물기를 닦으며 보송한 수건을 개키는 소소함이 모여 기적을 만든다는 것을 압니다.

마음으로 주위를 둘러보길 바라요. 결핍의 눈으로 보면 세상은 전쟁터지만, 풍요의 눈으로 보면 일상은 축제가 됩니다. 낡은 구두를 닦고, 먼지 앉은 책상을 닦는 나의 손길이 바로 위대한 운명을 빚는 손길입니다. 소소함이 쌓여 이미 충분한 삶을 살 수 있습니다. 위대함은 도달해야 할 목적지가 아니라 집안의 작은 질서를 회복하는 거라 생각합니다.

조급한 사람에게서 도망가는 행복

불평만큼이나 성격 급했습니다. 직업병인 이유도 조금은 있었지요. 부동산 광고대행사 네이버 광고 상담 매니저로 일합니다. 사람들은 행복이 마치 마감 임박한 특가 상품이라도 되는 양 서두릅니다. 남들보다 한발 늦으면 영영 기회를 놓칠 것 같은 공포에 짓눌립니다. 숨 가쁘게 뛰어갑니다. 인생은 속도가 아니라 방향이라는 말도 있는데 말이지요.

현장에서 21년 경험해 보니 행복은 고양한 성정을 가졌습니다. 낚시꾼의 미끼처럼 낚아채려 들면 들수록 더 깊은 수심 아래로 몸을 숨깁니다. 우리가 열망하는 행복은 '조급한 발걸음'이란 걸 눈치채면 어느샌가 저만치 도망가 있습니다. 지금도 광고 매니저로 하루를 채웁니다. 힘든 상담은요. "무조건 빨리빨리 외칩니다. 기다리지 못합니다. 고객은 급합니다. 목소리에 날 선 불안이 있습니다. 조급함은 청각적으로 먼저 전염됩니다. 상대가 재촉하면 내 호흡도 가빠집니다. 당연히 실수가 잦아지죠. 결국 일의 본질은 흐릿해집니다. 행복도 마찬가지입니다. 스스로를 재촉하는 사람의 내면에는 늘 시끄러운 초침 소리가 들립니다.

'지금 당장 결과가 나와야 해.'

'이번 달 안에 성과를 내야 해.'

'저 사람은 왜 사사건건 나를 방해할까? 정말 싫다.'

이런 소음이 머릿속을 가득 채웁니다. 다른 사람 탓하느라 내 허물을 알지 못합니다. 또 정작 지금 이 순간 내 곁을 스쳐 지나가는 소소한 기쁨의 소리를 듣지 못하죠. 행복은 고유한 정적 속에 깃드는 '손님'이라고 합니다. 조급한 마음은 행복을 달아나게 만듭니다.

행동은 느린데요. 욕심과 쓸데없는 자존심으로 일을 그르친 적 많습니다. 한마디로 제대로 하지 않으면서 조급증이 대단했습니다. 살아오면서의 경험은 나를 다시 태어나게 했습니다.

수화기를 들기 전, 깊은 심호흡 한 번이 100마디 재촉보다 훨씬 강력한 결과를 만든다는 것을요. 조급함은 시야를 좁힙니다. 오직 '목표'라는 바늘구멍 같은 지점만 바라보게 만들지요.

예를 들어 부동산 투자에 조급한 이들이 집의 근간인 채광이나 통풍, 공간의 필요성을 알지 못합니다. 돈이 된다는 추측성 '숫자'에만 매몰되어 정확한 분석하지 못하는 것과 같습니다.

현관 앞에 화분이 하나 있습니다. '금전수'라고 하는데요. 재물이 들어오고 집 안을 환기시켜 준다며 친구 숙이가 내게 주었었지요. 받을 땐 기분 좋게 받았습니다. 나는 식물도 잘 키우지 못합니다. 완성품을 더 좋아합니다. 기다리지 못하죠. 현관 앞에 놓고 바라봐 주지 않았습니다. 어느 날 현관 바닥을 청소하려는데 화분이 눈에 들어오더라고요. 선물 받고 내가 얘한테 물을 준 적이 있던가? 없었습니다. 집에서 10분 거리에 있는 다이소에 갔습니다. 식물에게 주는 영양제 하나 사 왔죠. 물도 주고 영양제 하나 거꾸로 꽂아 놓았습니다. 아주 조금씩조금씩 스며들더니 어느새 영양제 한 통이 비워졌더라고요. 기다림이 필요합니다.

매일 30여 통에서 50여 통의 상담을 합니다. 광고주가 광고를 위해 상품을 구매하고 관리자 툴을 익히기까지 시간이 걸립니다. 처음 경험 없이 상담할 때는요. 광고주가 상담사의 설명을 알아듣지 못한다며 짜증 섞인 목소리로 말했습니다. 다음 전화를 받아야 해서 연습해 보시라며 최대한 빨리 상담을 종료했습니다. 당연히 전화나 홈페이지 오른쪽 상단에 있는 "문의하세요"라는 커뮤니티에 불평불만의 소리들이 올라왔죠. 전화해서 응대하는데도 건성으로 답했습니다. 1년 차, 3년 차, 10년 차 경험이 쌓일수록 광고주의 행동에 귀를 기울이고 기다려 줍니다. 나 또한 초보 시절 관리자 툴을 익히는데 3개월이 이상이 걸렸습니다. 완전하게 소화할 수 있었을 때가 입사 6개월 지난 후부터였습니다. 하물며 광고주는 어떨까요. 광고주는 찾아오는 손님 상담도 하고 매물 임장도 가야 하고 여러 가지를 하는 가운데 광고까지 해야 하는 입장이기에 시간이 많이 필요하다는 것을 뒤늦게 깨닫게 된 거죠. 그러면서 알게 되었습니다. 지난날 왜 그리 아등바등하면서도 성장하지 못했는지를요.

행복을 서두르는 사람의 눈에는 오늘 아침 현관 앞 화분에 돋은 싹이나, 퇴근길 노을의 장엄함이나 예쁜 풍경이 들어오지 않습니다. 그들은 '행복'이라는 종착역에 도착해야만 웃을 준비를 합니다. 종착역에 다다랐을 때, 그들의 눈은 이미

지쳐버려 눈앞의 풍경을 감상할 힘조차 남아 있지 않습니다. 행복은 목적지가 아니라 여정 곳곳에 흩어져 있는 조각들입니다. 조급함이라는 안대를 쓴 채 뛰는 사람은 발밑에 깔린 수많은 보석을 짓밟으며 지나갈 뿐입니다.

조급한 사람의 몸은 늘 긴장 상태입니다. 어깨는 경직되고 손아귀에는 과도한 힘이 들어갑니다. 무언가를 놓치지 않으려 움켜쥐지만 하지요. 아이러니하게도 꽉 쥔 주먹 안으로는 새로운 바람이 들어올 수 없습니다. 광고주가 자신의 문제를 해결할 수 있도록 옆에서 안내해주고 기다려줘야 합니다. 적당한 거리를 두고 흐름을 관조할 때 나도, 광고주도 편안해집니다.

행복을 억지로 내 삶 안으로 끌어당기려 팔에 힘을 줄수록 행복은 미끄러운 비누처럼 손가락 사이로 빠져나갑니다. 힘을 빼야 합니다. 조급함을 내려놓고 손바닥을 활짝 펼 때. 비로소 행복이라는 삶이 내게 다가오죠.

조급해하거나 서두르지 않습니다. 대신 나를 믿고 상대방을 기다립니다. 각자마다 자신의 속도가 있고, 채워지는 때가 있습니다. 우리의 인생 또한 마찬가지입니다. 한 걸음씩 정직하게 내디딘 보폭은 결코 우리를 배신하지 않습니다.

　　사람들은 내게 웃는 모습이 예쁘다고 한다

무언가 삐거덕거리고 있다면 잠시 멈춰야 합니다. 숨을 고르게 쉬면 다시 건강한 생각을 할 수 있는 지혜가 떠오르지요. 조급함을 버린 자리에 도망갔던 행복이 슬그머니 돌아와 당신 옆에 앉을 겁니다. 위대함은 속도가 아니라 인내의 누적에서 온다는 걸 잊지 말았으면 좋겠습니다.

창밖을 한 번 보세요. 마감 시간에 쫓길 때는 몰랐습니다. '계절이 바뀌고 있구나.' 조급한 마음 때문이었지요. 늘 불안했습니다. 오늘을 빼고 내일을 걱정하느라 내 삶을 '가불'해 쓰는 나쁜 습관을 가지고 있었는데요. 무엇으로도 채워지지 않았습니다. 이제는 기다릴 줄 압니다. 주먹을 쥐는 대신 느슨하게 풀고 누군가를 위해 마음을 다합니다. 평온한 상태를 유지할 수 있도록 내 마음을 들여다봅니다. 산책하는 마음으로 세상을 바라봅니다. 풍경이 눈에 보입니다. 배시시 미소가 입가에 번집니다.

땅 밑에서 뿌리를 내리는 나무는 겉으로 보기에 멈춰있는 것 같지만, 사실 치열하게 성장하고 있는 중입니다. 나무처럼 사람들에게 나누어 주고 싶다는 생각을 하니 비로소 숨이 바로 쉬어집니다.

나만의 행복을 찾는 첫 걸음

액세서리를 잘 하지 않았었습니다. 거추장스럽다고 생각했거든요. 손가락이 짧고 굵어 별로라고 생각했죠. 그러다가 못생겼으니 하나 정도 포인트로 해줘도 되지 않을까 생각하게 되었죠. 반지는 티가 나지 않으니 작은 언니가 해준 순금과 오른쪽 약지에는 재물 운을 뜻한다는 왕관과 물고기가 있는 14K 반지하나 내 돈으로 사서 끼게 되었습니다. 기분이 묘했어요. 나도 이런 반지를 할 수 있는 사람이구나. 제법 예쁜 걸? 생각했죠. 하나의 프로젝트가 끝날 때마다 나에게 선물을 주기로 마음먹었습니다.

'나만의 행복을 찾는 첫 걸음'이라는 제목을 가지고 왔을 때 무슨 내용으로 쓸까. 딱히 생각나는 에피소드가 떠오르지 않더라고요. 그러다가 내 손가락과 손목을 바라보게 되었지요. 내 돈 내고 반지 하나 샀을 때 누가 사준 건 아니지만 자존감이 쑥 올라갔다고 해야 할까요. 내 존재 가치를 생각하게 되었습니다. 그러면서 꾸미기 나름이네. 아무것도 없던 손가락에 풍요를 입히니 제법 멋져 보였어요. '아하! 그래서 사람들이 예쁜 목걸이와 반지, 팔찌, 또는 시계를 하고 다니는구나.' 생각하게 되었지요. 그때부터 상상했습니다. 물고기 팬던트가 있는 목걸이 갖고 싶다. 이왕이면 소소하지만 팔찌도 하나 있으면 좋겠네. 꿈꿨습니다.

보통은 남편에게 결혼기념일이나 생일날 사달라고 하는데요. 나는 따로 말하지 않았습니다. 19년 정도 살았을 땐가요? 남편에게 말했었죠. "오빠! 나도 반지 하나만 사줘. 하나 끼고 싶네?"라고. 남편의 말 한마디에 입을 다물었고 다시는 뭘 사달라는 말을 하지 않았습니다. 필요하다면 내가 모아서 샀습니다. "돼지한테 목걸이 끼워 주면 좋은 줄 아냐? 또 돼지 목에 진주목걸이가 어울려?"라며 돼지와 나를 비유하는 것 같아 자존심 상했습니다.

작년 상반기에 갖고 싶었던 목걸이를 선물 받았습니다. 목걸이 하나에 분위기가 달라졌습니다. 반짝반짝 빛나는 게 어떤 옷을 입어도 잘 어울렸습니다. 물고기가 있는 팔찌도 생겼습니다. 팔찌와 목걸이 하나에 마음가짐이 달라졌습니다. 우선은 볼 때마다 기분이 묘하게 설렜습니다. 생동감도 있고 아무튼 액세서리 하나로 딴사람이 된 듯했습니다.

아산으로 이사 온 지 1년 8개월쯤 되었습니다. 어느 정도 적응도 되어 갔죠. 생전 처음 속눈썹 펌이란 걸 해봤습니다. 한 시간 정도 잠자고 나니 완성이 되었다고 원장님이 깨웠습니다. 내가 아닌 듯 조금은 어색했는데요. 좀 더 선명하고 그윽한 게 딴 사람이 앉아 있는 것 같았어요. 속으로 '너도 꾸미니까 여성스럽다야.' 혼자만의 착각일 수 있지만 색다른 경험을 해봤습니다. 한 번 하면 4주 정도 가는데요. 나 같은 경우는 꽤 오랫동안 유지되었습니다. 시간 내어 나에게 투자라는 걸 해봤습니다. 스스로에게 예쁘다, 예쁘다 주문을 걸었죠. 다른 사람이 뭐라 하든 상관없었습니다. 우선은 내 기분이 좋아지길 바랐으니까요.

해보지 않았던 것들이라 첨엔 어색했습니다. 한편으로는 다양한 경험을 할 수 있어서 신기하기도 했어요. 그러고 보니 어리거나 나이가 들거나 '아름다움'에 대한 관심이 많은 것으로 보여졌습니다. 해보니 별거 아니었고, 자신감도 생겼습

   사람들은 내게 웃는 모습이 예쁘다고 한다

니다. 사람들 반응도 나쁘지 않았습니다. 특별한 날 해도 괜찮을 것 같다는 생각 들었습니다. 소소한 행복일 수 있으니까요. 아무리 바빠도 나에게 투자하는 건 해야 하겠더라고요.

하나 더 있습니다. 네일 아트였습니다. 손톱에 예쁜 물감 들이듯 하는 '손 젤 아트'. 내게는 신선한 충격이었으니까요. [주앤미 우베셀] 촬영할 때 이현주 작가의 손톱을 보고 부러웠거든요. 한참을 망설이다가 물었죠. "그거 하면 좋아요?"

기분 전환에, 손톱이 얇아져서 자꾸 갈라지는데 이거 하면 아프지도 않고 손톱도 오래가고 좋다고요. 하고 싶었습니다. 그래서 졸랐죠. 같이 하자고요. 처음으로 다른 사람에게 내 손을 맡겼습니다. 지중해 마을에 있는 '살롱드 히'에서 네일아트 했습니다. 20대에게서 시술을 받았는데요. 조곤조곤 이야기도 잘하고 고객의 마음을 잘 헤아려 주는 손 아트 디자이너였습니다. 손가락에 그림 그리듯 하나하나 정성 들여 바르고 또 발랐습니다. 처음엔 손톱 주변 정리를 했습니다. 손톱에 영양제도 발라주더군요. 그 다음 내가 고른 디자인의 손톱으로 덧입히는 거예요. 손가락이 호강했습니다. 기분 전환도 되고 달라진 손톱을 자꾸 보게 되었습니다. 가격도 이 정도면 금액 대비 괜찮다 싶었죠.

내가 바라는 행복은 거창하지 않습니다. 그저 눈에 새롭고 예뻐 보이면 기분 좋은 상태가 오래 지속이 된다는 게 신기했습니다.

나만의 행복을 찾는 첫걸음은, 해 보지 않은 낯선 행동인데요. 물고기 펜던트가 있는 목걸이, 재물 운을 불러일으킨다는 14K 링 반지, 손 젤 아트로 자신감을 갖춰 봤고요. 다음으로 속눈썹 펌입니다. 젊으나 나이가 조금 있으나 '아름다움'에 관심이 많은 건 어쩔 수 없나 봅니다.

마지막으로 바지만 입던 내가 원피스를 입기 시작했습니다. 여성스러운 원피스도 몇 벌 샀습니다. '미'에 관심이 없는 줄 알았습니다. 예쁘고 아기자기한 것을 좋아하더라고요. 갖춰 입으면 행동도 달라지고요. 좀 더 어릴 때 경험해 봤어도 좋았겠다 싶었습니다. 자신에게 변화를 주는 건 좋은 일이라 생각하고요.

돈이 많거나(물론 많으면 좋겠지만요.), 비싼 옷을 사거나, 값비싼 음식이 아니라도 행복할 수 있다는 사실을 안다는 게

     사람들은 내게 웃는 모습이 예쁘다고 한다

중요하겠지요. 목걸이는 14K, 값이 조금 나갑니다. 소소한 행복을 누릴 수 있다는 측면에서 필요하다고 생각합니다. 손젤 아트 또한 손가락에 변화를 주었습니다. 덕분에 마음 부자가 되었습니다. 다른 사람과 비교하지 않고 내가 편안하고 지금 좋으면 이것이 곧 '나만의 행복한 첫걸음'이 아닐까 이름 붙여 봅니다. 행복은 지금처럼 작은 것에도 감동받을 수 있고, 감사할 줄 아는 마음 상태라고 생각합니다. 이미 충분히 '행복'이란 이름으로 불러도 되지 않을까요. 민아트 원장이 해준 하트가 내 손가락 위에서 반짝이고 있습니다.

"엄마! 엄마가 지효 엄마라서 행복해!"

3월이면 6학년 올라가는 셋째 지효가 어느 날 내게 귓속말로 했던 말입니다.

"엄마가 지효 엄마라서 왜 행복해?" 내가 물었죠.

"엄마가 날 낳아줬고 나를 사랑해 주니까."

"엄마가 일 바쁘다고 놀아주지도 못하고 함께 있어 주지도 못하는데도 행복해?" 다시 또 물었지요.

"엄마가 내 옆에 든든하게 있다는 자체가 행복이지."라고 윙크합니다. 우리 딸 언제 이리 컸을까. 미안한 마음에 지효 얼굴 한 번 보고 다시 모니터로 눈길을 돌렸습니다. 늘 옆에서 엄마 너무 예뻐 말해주는 딸입니다.

무뚝뚝한 엄마입니다. 표현하지 않습니다. 하루 30분도 함께 이야기 나누지 못합니다. 그래도 딸은 자신의 옆에 있다

며 엄마가 있어 행복하다고 표현합니다. 엄마와 이야기하고
싶어도 바쁜 것 같은 엄마를 마냥 기다려 줍니다.

'행복'을 네이버에 검색하면 행복은 복된 좋은 운수, 생활
에서 충분한 만족과 기쁨을 느껴 흐뭇함. 또는 그런 상태를
말한다고 나와 있습니다.
나같이 표현하지 않고 일중독인 사람에게는 많은 연습이
필요하다는 말이 맞는 것 같습니다.

최근 [주앤미 우베셀] 인터뷰, 강의 연습, 부동산 광고대행
사 전문 상담 매니저로 활동하고 있습니다. 여유가 없습니
다. 최소한의 대화만 할 정도입니다. 어떤 연습이 필요할까
요. 광고 매니저 일은 수많은 정보 노출 속에서 광고주, 고객
의 시선을 잡아챌 단 하나의 '시그널'을 만드는 겁니다. 이런
건 할 수 있을 것 같은데요. '행복'은 글쎄요. 어떤 연습을 해
야 하는 건지 솔직히 잘 모르겠습니다. AI 재미나이에게 물
어보니까요. 행복도 연습이 있긴 하다고 하네요.
재미나이에게 물어본 결과 '행복'은 우리 뇌와 마음이 느끼
는 잔잔한 평온함과 연결감에 가깝습니다. 외부 환경보다 내

마음의 렌즈가 세상을 어떻게 비추느냐가 핵심이라고 말하네요.

세 아이를 낳고 키웠습니다. 그러는 동안 오십이 넘었습니다. 연습할 시간 없었습니다. 물 흘러가는 대로 살기 바빴으니까요. 주변을 돌아보거나 내가 행복한지 느끼지 못했죠. 셋째를 보면서 '행복도 연습'이 필요하구나. 현실을 보게 되었습니다. 연습해서 얻을 수 있는 거라면 해 봐야겠지요. 행복해지기 위한 3단계 연습을 시도해 봤습니다.

첫째, 하루 중, 누굴 만나든, 무엇을 하든 '감사'라는 단어를 마음에 장착하기로 했습니다. 나에게 주어진 것이 당연하다고 생각했습니다. 세상에 당연한 건 없었습니다. 당연하게 생각했기에 불평불만이 잦았던 것 같습니다.

퇴근한 남편의 손에 각종 버섯류, 숙주나물, 차돌박이 등이 들려 있었습니다. 얼른 받았지요. 주방으로 가지고 갔습니다. "오빠! 이거 뭐 할 거야?"라고 물었죠. 그냥 둬. 내가 해 줄게. 옷을 갈아입고 온 남편이 주방에서 칼질하기 시작했습니다. 옆에서 심부름했습니다. 뭘 만들까 첨에 궁금했

  사람들은 내게 웃는 모습이 예쁘다고 한다

죠. 큰 프라이팬을 꺼냈습니다. 느타리버섯, 팽이버섯, 새송이버섯, 표고버섯 그리고 양파를 썰어 넣었습니다. 들기름 건네줬고요. 숙주는 볼에 담았습니다. 갖은 양념 싱크대 아래에서 꺼내 전달했죠. 버섯과 마늘, 양파가 어우러지면서 지글지글 끓기 시작했습니다. 다음은 숙주나물이 프라이팬 속으로 올려졌습니다. 금방 숨이 죽었습니다. 마지막으로 소주와 차돌박이가 함께 대미를 장식했죠. 들기름 냄새가 고소했습니다. 남편의 노력으로 금세 최고의 반찬이 만들어졌습니다. 젓가락으로 한 입 먹어봤습니다. 식당에서 먹었던 것보다 맛있었습니다. 둘째가 탄성을 질렀습니다. 셋째는 '맛있네.' 짧게 말했습니다. 나는 "오빠! 이런 건 언제 해봤어? 진짜 최고다. 흐음. 밖에서 일도 잘하고 반찬까지 잘 만들잖아. 고마워 여보!"라고 말하며 접시에 반찬을 담아내는 남편을 뒤에서 안아주었습니다. 싫지 않은지 남편은 그대로 서 있었습니다. 애들이 이런 엄마, 아빠를 보더니 요욜! 엄마 아빠 뭐하는 거야? 라며 놀려댑니다. 아빠가 고마워서 그러지. 둘러댔습니다. 그동안 이런 '고맙다.'라는 말을 왜 하지 않고 살았을까요. 밤에 자기 전에 매일 중얼거립니다. '수고했어. 고마워. 덕분이야.' 왠지 풍요로워지는 느낌입니다. 그동안 '척'

했는데요. 지금은 마음을 담아서 합니다.

둘째, 잠시 '멈춤'의 시간을 나에게 허락합니다. '마음 챙김'이라고 할까요? 과거에 대한 후회, 미래에 대한 불안 때문에 현재를 놓치고 살았지요. 밥을 먹을 때도 각자 스마트폰에 빠져 밥이 입으로 들어가는지 코로 들어가는지 모를 정도였습니다. 스마트폰을 버리고 싶을 정도였습니다. 아이들과 남편의 행동도 이해할 수 없었습니다. 하루 한 시간 얼굴 마주하기도 힘든데 식탁에서까지 SNS의 노예가 된 것 같아 안타까웠거든요. 화도 났습니다. 그래서 동의를 구했습니다. 밥을 먹을 때 스마트폰은 잠시 접어 두기로요. 5분간 숨을 들이쉬고 내쉬기에만 집중하도록 합니다. 남편과 아이들이 따라 합니다. 이 행동을 매일 하면 정서적 안정감이 높아집니다.

셋째, 친절의 선순환으로 나만의 '행복 버튼' 만들기입니다. 아이들에게 따뜻한 말 한마디, 중간 중간 간식 만들어 주기부터 시작했습니다. 방학 중에도 잠자는 시간과 일어나는 시간을 잘 지키고 있는 셋째에게 떡볶이를 만들어 줍니다. 일에만 파묻혔던 엄마가 떡볶이를 해주니 지효의 얼굴이 활짝 피었습니다. 퇴근해서 오는 남편 한 번 안아주기인데요.

'오늘 하루 잘 버텨 준 오빠! 고마워.'라며 안아줍니다. 거실을 지나올 때까지 안은 팔을 풀지 않습니다. 남편은 나를 한 번 바라봅니다. 한마디 하죠. "자네도 하루 잘 보냈나?" 기분 좋게 저녁 시간을 마주합니다. 밥을 다 먹고 난 후 각자의 방에서 시간을 보냅니다. 그러나 서로를 인정해 줍니다. 짧지만 현관에서의 인사를 가슴에 품고 하루를 마감하니까 존중하는 마음이 생깁니다. 여기에 하나 더, 추가합니다. 내가 좋아하는 노래, 좋아하는 향기, 좋아하는 드라마, 잠시 산책 등 나를 미소 짓게 하는 것들을 하나씩 적어보고 실천합니다. 이런 연습을 했더니 감정의 소용돌이에 휘둘리지 않게 되었습니다. 스스로를 조절할 수 있는 힘이 생긴 거지요.

매일 조금씩 내 마음을 돌보는 '연습' 덕분에 나는 물론이고 남편과 아이들의 하루에도 에너지를 전해줄 수 있게 되었습니다. 오늘 있었던 일 중에 작더라도 기분 좋았던 일 한 가지를 나누고 연습을 해봐도 좋습니다. 종일 긴장하고 피곤했을 몸에 에너지를 장착해 줄 겁니다.

6

하루 한 걸음, 멈추지 않았다

살면서 잘한 일 있다면 [자이언트 북 컨설팅] 이은대 작가를 만난 겁니다. 2020년 7월. 온라인 1기로 책 쓰기 수업에 발을 담그기 시작했습니다. 잘 할 수 있을까 의문이었습니다. 처음 입과할 때, 책 한 권 뚝딱 써서 돈 벌 궁리만 했었거든요. 좋은 의도보다는 돈벌이 수단으로만 생각했습니다.

싫증 잘 냅니다. 포기 빠릅니다. 뭘 하든 작심삼일을 넘기지 못합니다. 남 탓하기도 바빴지요. 그랬던 내가 5년 넘게 [자이언트]라는 거대한 성에서 뿌리를 내리고 있습니다.

무슨 일이 있었냐면요. 공동저서 여덟 권을 집필했고요. 책 쓰기 정규 과정, 매주 한 번 열리는 이은대 문장 수업, 독서 모임 천무, 잠실 교보 저자 사인회 참여, 자이언트 초대 특강 듣기, 한 달에 한 번 이은대 책 쓰기 무료 특강 등 자이언트 모든 행사에 적극적으로 참석하는 사람이 되었습니다.

지금부터 어떻게 멈추지 않고 꾸준하게 계속 참여할 수 있었는지 풀어볼게요.

싫증 잘 내고 포기도 빠르다고 말했었지요. 책 쓰기 수업을 들으면 딱 한 번 내가 쓸 책에 관한 '과제'가 있습니다. 수업을 듣고 이런 책을 써보고 싶다 할 때 여섯 가지 질문에 정성껏 답을 하고 [자이언트 글 사랑 카페]에 목차 요청 방에 과제를 제출합니다. 수업을 듣고 내 직업에 대한 책을 내고 싶어 과제를 제출했었습니다. 책도 잘 읽지 않았고 제목과 목차를 받았는데 어떻게 시작해야 할지 몰랐습니다. 그렇다고 대표인 이은대 작가에게 질문할 생각도 하지 못했습니다. 쓰지 못했지요. 그래서 생각해 낸 방법이 우선 한 달만 잘 들어보자 생각했습니다. 문제가 있었습니다. 매주 3회 진행되는 책 쓰기 정규 과정 수업 중 교차 수강할 수 있는데요. 강사가 못생긴 겁니다. 무섭기도 했고요. 그래서 어찌해야 하나 망설였죠. 큰돈을 냈고, 책 한 권은 출간해야 한다고 생각했고, 한 달은 들어보자 스스로 약속했기에 책임은 져야 하지 않을까 참여하기로 마음먹었지요. 첫 수업 시간에 표정을 밝게 하라고 말씀하시더군요. 웃어야 내 삶이 좋은 방향으로 흘러간다고 말했습니다. 이은대 작가의 강의가 마음을 울리긴 했는데요. 매회 그 얼굴을 마주 보기가 잘되지 않는 거예요. 줌으로 수업을 하는데 두 시간 동안 화면을 켜고 들어야 했거든요. 표정이 밝을 수 없었습니다. 고역이었지요. '기왕이면 잘생긴 사람이 하면 좀 좋아.'라며 투덜거렸죠. 지효가 여섯 살 때였나 봅니다.

"엄마! 이은대 선생님이다. 웃어. 선생님이 웃으라고 했잖아!"라고 말하는 겁니다.

"티나? 엄마 표정?"

"화면에서 엄마 표정이 젤 안 좋아. 이제부터 수업 시간 들어가기 전 연습하고 들어가. 자! 나 따라 해봐. 스마일!" 지효는 입꼬리를 치켜올리면서 웃으라고 재촉했습니다. 어색하게 웃었습니다. 잘되지 않더라고요. 죽을 맛이었습니다. 그다음 수업부터 8시 40분이 되면 줌에 입장했습니다. 화면을 껐죠. 수업은 밤 아홉 시부터 시작되었으니까요. 지효와 거울을 보고 연습했습니다. 양손으로 입꼬리를 치켜올리고 소리 내어 웃었습니다. 아웅. 때려치울 수도 없고 환장하겠는 거예요. 계속 연습했습니다. 어느 날 수업 시간에 내가 활짝

   사람들은 내게 웃는 모습이 예쁘다고 한다

웃었던 모양입니다. 수강생 중 한 분이 DM으로 말을 걸어왔습니다. "김미예 작가님! 웃는 모습 너무 예뻐요. 어쩜 그리 활짝 웃으세요? 백만 불짜리 미소입니다. 파이팅!"이라며 칭찬해 주더라고요. 지금은 기억나지 않습니다. 그때부터였을 겁니다. 매일 연습했죠. 웃는 연습을요. 제일 먼저 줌에 입장했고요. 화면 끄고 연습한 다음 수업이 시작되면 화면을 켜고 실실 웃었습니다. 환하게 웃는 모습이 밝아서 좋다고 말해주는 사람들이 생겼습니다. 이런 말들 덕분에 진짜인 줄 알고 늘 웃으려 했습니다. 좋지 않은 일이 있어도 수업 시간만큼은 웃었습니다. 그리고 강사인 이은대 작가를 보고 '잘생겼다. 멋지다. 어쩜 저렇게 강의를 잘할까. 수강생들에게 나누어 주는 노하우도 작품이다.'라며 속으로 세뇌를 시키기 시작했습니다. 멋지다 생각하니까 멋지게 보이고요. 잘생겼다 말하니까 잘생겨 보이는 거예요. 신기했죠. 수업 시간에 100퍼센트 흡수하려 스펀지처럼 빨아들였습니다. 연습도 부지런히 했고요.

우선순위를 [자이언트 북 컨설팅]에 두었습니다. 한 번 빠지기 시작하면 또 포기할 것 같았거든요. 문장 수업도, 자이언트 초대 특강도 모두 '좋다, 최고다.'라는 마음으로 들었습니다. 누군가 그러더군요. "김미예 작가님이 자이언트 바람잡이인 줄 알았습니다. 어딜 가나 항상 있어요. 깜짝 놀랐죠. 나도 모르게 홀리듯 들어왔네요." 바람잡이 맞다고 했습니다. 수업 들으면 좋다고 홍보도 했고요. 그렇게 말해 놓고 보니 내가 빠질 수 없었습니다. 그러면서 [자이언트 공저 프로젝트 3기]에 참여하게 되었습니다. 단 네 편만 쓰면 내가 쓴 책이 세상에 나올 수 있었습니다. 그거라도 해야겠다 싶어 망설이다 신청했습니다. '함께 쓰는 책'이다 보니 '책임감'이라는 단어가 따라왔습니다. 프로젝트에 참여하는 작가들과 유대감과 책임 의식을 가지고 한 권의 책을 완성시켰습니다. 성취감이라는 걸 경험했습니다. 프로젝트가 있을 때마다 무조건 참여했습니다. 덕분에 개인 저서 한 권 분량의 공동저서를 출간한 작가가 되었습니다. "김미예 작가님은 왜 개인 저서 도전하지 않으세요?"라고 묻는 작가들도 있었습니다. 그때마다 쥐구멍이 있었으면 들어갔을 겁니다. 다른 작가들의 출간계약과 출간 소식이 들려올 때마다 혼자 눈치가 보였습니다. 의기소침해지기도 했고요. 뒤에서 박수만 쳐야 하나라는 생각에 땅굴을 파기도 했습니다. 겉으로는 웃고 있었지만 속은 타들어 갔어요. 그렇다고 집필을 한다든가 하는 행동은 하지 않았습니다. 언젠간 쓸 거야. 라고 계속 회피했습니다.

2026년 1월 20일. 따끈따끈한 신간을 발표하고 저자 특강을 한 황지영 작가의 얼굴을 보았습니다. 그녀는 밝고 예뻤습니다. 얼굴 가득 머금은 미소가 유난히 서글서글했습니다. 머리에 반짝이는 핀을 꼽고 나왔는데요. 표정이 더 밝아 머리핀도 더 빛났나 봅니다. 중학교에서 학생을 가르치는 워킹맘입니다. 동시에 주말부부, 독박육아 중이죠. 그런데 말입니다. 온라인 87기로 자이언트와 인연이 된 후로 수업 듣고 자신의 현재 상황을 잘 대변해 주는 책을 출간했습니다. 특강 때, 2년 동안 초고를 썼다는 말에 놀랐습니다. 멈추지 않았다는 말에 뒤통수가 따가웠습니다. 그녀가 크게 보였습니다. 묵묵히 멈추지 않고 초고를 완성하고 드디어 자신의 이름이 적힌 한 권의 책을 출간했습니다. 나를 돌아보았습니다. 똑같이 수업을 들었습니다. 언제든지 쓸 수 있다는 착각에 하는 척만 했는데요. 황지영 작가는 나름의 시간을 견디면서 지난한 과정을 책이라는 결과물로 세상에 내놓았습니다. 그녀의 강의는 초고를 자주 멈춘 나에게 깊은 인상을 주었습니다.

황지영 작가 덕분에 멈췄던 초고 다시 재검열하기 시작했습니다. 완벽하지도 않으면서 잘 쓰려고 욕심을 부렸습니다. 하지 않고 했다고 착각하면서 척했지요. 흐릿하기만 했던 잠실 교보 사인회의 주인공으로 설정했고요. 마무리하지 못하고 있던 초고의 퍼즐을 하나씩 맞추기 시작했습니다. 끝이 보입니다. 매일 한 걸음씩 멈추지 않고 계속하는 행동만이 보상을 준다는 사실을 이제야 마음으로 인정했습니다.

인생의 고비에는 나에게 질문을 주고, 답을 찾아가는 과정이 있습니다. 중간중간에 깨달음의 지혜를 주기도 하고요. 풀리지 않을 것만 같은 시련의 시간을 주기도 합니다. 알지만 고비 앞에서 포기합니다. 운이 나를 도왔습니다. 첫 책을 마무리할 수 있도록 나에게 '황지영 작가'라는 선물을 주었습니다. '보고 느껴라. 그리고 나와 같이 머뭇거리고 있는 사람들에게 시간을 아껴 좋은 경험을 할 수 있게 도와주길 바란다.'라는 메시지를 꽂아주었습니다. 이 약속 지키려고 합니다. 오랫동안 담고 있던 체증이 조금씩 내려가는 듯합니다.

 사람들은 내게 웃는 모습이 예쁘다고 한다

7

사랑하면 예뻐진다!

누군가 나에게 지금까지의 삶에서 '가장 후회하는 일'이 무엇입니까? 물었습니다. 나는 망설임 없이 말했습니다.

"후회되는 일 많지요. 그중에서도 가장 후회되는 일은 사랑하는 사람을 앞에 두고 만나러 가지 않은 겁니다."

좋아한다고 말했어야 했습니다. 우겨서라도 만나러 갔다면 달라졌을 겁니다. 몇 가지 이유로 말도 하지 못했고, 만나러 가지도 못했습니다. 마치 드라마 속 여자 주인공처럼 무작정 기차를 타고 그가 있는 곳에 갔습니다. 하지만 나는 그를 만나지 못했습니다. 나를 밀쳐낼 것만 같아 두려웠거든요.

현실과 꿈을 착각할 정도로 생생한 장면. 드라마를 너무 많이 봤나 봅니다. 분명 책을 읽고 있었는데 꿈을 꾸고 있었다니요. 지효가 흔들어 깨우는 소리에 놀라 눈을 떴지요. 그리고는 짜증을 냈습니다.

"아이 씨, 왜 깨워! 엄마 좋은 꿈꾸고 있었는데." 참 어리석게도 나는 오늘도 지효에게 화를 내고 있었습니다.

"이은대 사부님! 이제 책을 집필해 보려고 하는데요. 저에게 어울리는 책이 있을까요? 부끄럽지만 사부님이 추천해 주시면 감사하겠습니다. 책 집필하는 데 힘이 날 듯합니다." 이은대 작가를 스승으로 존경하지만, 개인적인 일로 전화 통화를 한 적은 없습니다. 내 딴에는 여러 번, 아주 고민 끝에 전화를 했었지요. 사노 요코『사는 게 뭐라고』, 류시화『내가 생각한 인생이 아니야』 김미예 작가님에게 어울리는 책입니다. 다행히 두 권 다 가지고 있는 책이었습니다. 그중 류시화 작가의 책을 읽다가 참이 들었습니다. 책을 잘 읽지 않았던 나는 류시화의 책이 맞지 않는 것 같았습니다. 그래서 한 페이지 넘기지 못하고 옆으로 치워 놓았었지요. 다른 책 읽기도 바빠 한동안 잊고 있었습니다. 그러다가 초고 막바지에 들어섰는데 류시화의 책이 눈에 들어왔습니다. 읽다 보니까요. 이은대 작가의 혜안이 기가 막혔습니다. 책도 공부도 하지 않는 제자의 마음을 꿰뚫어 보신 거지요. 금방 포기하는 나를 알기에 처음엔 많은 시간을 들이지 않았습니다. 하루 10분, 대신 매일 한 페이지 이상씩 읽었습니다. 류시화를 닮고 싶다는 생각 잠시 했고요. 읽을 때마다 책의 저자를 떠올렸습니다. 간지럽지만 '사랑한다.'라는 마음으로 대하기 시작했습니다. 문장 중 내가 쓸 책에 써먹고 싶다거나, 일할 때 활용도가 있다고 생각되는 문장을 초록했습니다. 그 밑에 내 생각까지 썼지요. 쑥스러웠다가도 하루하루 달라지는 나를 발견할 수 있었습니다.

[주앤미 우베셀] 공동 유튜버 운영자로서 초보 작가, 사업가, 프리랜서, 강사, 책방 등을 섭외해서 인터뷰합니다. 공동 대표 이현주 작가와 함께하고 있는데요. 그녀에게서 많은 것을 배웁니다. 두 살 위 언니이자 인생을 살아온 경험도 더 많지요. 부족한 점이 많은 나를 이현주 작가는 기다려 줍니다. 피드백도 해주고요. 그녀를 신뢰합니다. 나를 움직이게 하는 동료이자 스승이기도 합니다. 마음이 통한다고 할까요. 좋은 점을 보니 예쁜 점만 보입니다. 그녀 덕분에 '감사'와 '덕분에'라는 말을 자주 하게 되었습니다. 이 말들이 나에게 다른 인생을 선물로 가져다주었지요. 주위 시선을 바라보는 눈이 달라졌습니다. 그녀 덕분에 아산으로 이사 와서 [주앤미 우베

셀]을 계기로 다양한 사람들을 만났습니다. 그들의 삶을 인터뷰하면서 스승인 이은대 작가가 강조하는 것처럼 '사람'을 귀하고 중요하게 여기기 시작했습니다. 보여지는 그들의 삶 너머 이면을 보게 되었고요. '나'라면 어떻게 할까 자주 질문을 하고 답을 구해보기도 했습니다. 하지 말아야 할 일들을 적어보기도 하고요. 어떻게 하면 그들에게 좋은 벗인 '홍보대사' 역할을 할 수 있을까 고민도 하게 되었습니다. 만나는 사람들이 내게 스승이었습니다. [주앤미 우베셀]을 1년 동안 운영을 하면서 이현주 작가와 나, 모두 말과 행동이 달라져 있었지요. 한층 성숙해졌다고 할까요. 틈만 나면 불평불만에 남 흉을 보던 내가 이현주 작가의 진중한 모습을 배우면서 말을 아끼는 사람이 되었습니다. 아직도 '툭' 하고 욕설이 튀어나올 때가 있지만 분명 1년 전의 모습보다 달라져 있었습니다. 얼굴 표정도 밝아졌고요.

한 달에 한 번 잠실 교보문고에서 출간한 작가를 모시고 '저자 사인회'를 합니다. 주인공 작가들을 위해 [주앤미 우베셀]에서 꽃바구니를 준비해 테이블에 세팅합니다. 2022년 8월. 사인회 처음부터 지금까지 쭉 참여해 왔는데요. 어떤 작

 사람들은 내게 웃는 모습이 예쁘다고 한다

가는 테이블이 풍성하고, 어떤 작가는 휑한 모습이 행사 진행하는 과정에서 보였습니다. 마음이 좋지 않더라고요. 내가 그런 상황이라면 마음이 어떨까. 눈물 날 것 같았습니다. 창피한 마음에 하고 싶지 않을 수도 있고요. 뒤에서 수군거리는 소리를 들을 자신이 없었습니다. 그래서 아이디어를 냈습니다. [주앤미 우베셀]에서 주인공을 빛내줄 꽃바구니를 선물로 주면 좋겠다는 생각이었습니다. 이현주 작가와 의논했지요. 흔쾌히 하자 마음 모으고 매월 주인공을 축하해주고 있습니다.

어떠한 행사 자리에 갈 때 청바지에 티를 입거나 맨투맨 티에 그냥 트레이닝복을 입고 참여했을 때도 많았습니다. 그러다가 [주앤미 우베셀] 공동 운영자로 참여하면서 옷을 갖춰 입기 시작했습니다. 단정한 차림의 원피스를 입고 행사에 참여한 날, 사람들이 말했습니다. "작가님! 무슨 일이야? 좋은 일 있어? 누구 사귀어? 모습이 완전 달라졌는데? 아무래도 누구 좋아하나 봐."

출발하기 전에 '오늘 주인공에게 가장 행복한 날이 되면 좋겠다. 내가 가진 운과 복 꽃바구니 전달할 때 함께 드려야지.'라는 생각으로 천안아산역에서 기차를 타고 설레는 마음으로 이동합니다. 기꺼운 마음으로 시간 내어 잠실까지 걸음해 준 자이언트 작가들을 보면 미소가 절로 나왔습니다. 웃는 얼굴로 다가가 인사를 합니다. 그러면 상대도 환하게 웃으며 반겨 줍니다. [자이언트]라는 거대한 성. '사랑합니다.'라고 마음 다해 전하다 보니 얼굴에도 나타나나 봅니다.

얼굴 거무튀튀하고 불만 가득했던 내가 환하게 웃는 모습이 처음엔 낯설게 느껴졌지만, 지금은 최면을 걸 듯 좋은 생각만 합니다. 만나는 사람들에게 축복의 인사를 건넵니다. '사랑하면 예뻐진다.'라는 말이 있지요. [자이언트 인]이라 행복합니다. 5년 간 나를 버틸 수 있게 한 동력이지요. 내 삶을 바꾼 곳이기에 애착이 갑니다.

"살면서 가장 후회되는 일이 무엇입니까?"라고 물으면 5년간 책 쓰기를 미룬 것이고요. "가장 잘 한 일이 무엇입니까?"라고 물었을 땐, 글을 쓰지는 않았지만 멈추지 않고 [자이언트]라는 거대한 성안에서 보석을 가꾸듯 내 삶을 끊임없이 둥글게 깎아 내려간 거라고 말할 수 있겠습니다. 다양한 자이언트 가족을 만나기 위해 내가 있을 자리에서 한눈팔지 않고 '한마음'으로 스승을 대하고 자이언트 북 컨설팅에 오는 분들에게도 마음으로 응원하며 웃을 수 있었습니다.

'사랑하면 예뻐지나 봅니다.'

8

인생 수업, 그리고 다시 봄

사계절이 무색하다 할 정도. 5년을 함께 했습니다. '자이언트 북 컨설팅'이라는 거대한 성안에서 다시 봄을 기다립니다. 뾰족하게 날을 세우던 5년 전의 쫀뜨기는 제법 어른이 되기를 바랍니다. 세월이라는 이름으로 둥글게 바뀌고 있지요. 매주 수요일과 목요일, 그리고 매월 셋째 주 토요일. 자이언트 수업과 행사에 참여합니다. 책 쓰기 수업을 통해 '글 쓰는 삶'을 배웁니다. 책을 수집만 하던 내가 매일 10분 동안 다양한 책을 읽습니다. 자이언트 행사를 통해 사람들과 오프라인에서 만나 이야기를 나눕니다.

누구나 가슴 한편에 아픔과 상처를 가지고 있지요. 말하지 못한 짐도 있고요. 영웅담처럼 쏟아내는 경우도 많습니다. [자이언트 북 컨설팅] 책 쓰기 수업이 그런 공간 역할을 합니다. ‘누군가 내 이야기를 들어줬으면 좋겠다. 아오! 아니야. 지극히 개인적인 내 이야기를 무슨.’ 이내 고개를 저으며 가슴속에 꽁꽁 묻어둡니다. 소심한 나를 발견하기도 합니다.

[자이언트 북 컨설팅] 대표이자 책 쓰기, 글쓰기 코치인 이은대 작가는 사람들의 마음속에 있는 이야기를 밖으로 끄집어내는 조력자입니다. 세상에 우리 이웃의 이야기로 사람들을 돕고 있습니다. 한 사람의 강의를 5년 들었습니다. 삶으로 증명해 보입니다. ‘나도 할 수 있다.’라는 동기부여와 가능성을 강의를 통해 전해줍니다. 한 번도 똑같은 강의를 한 적 없습니다. 타의 모범이 되었죠. 신이 이 세상으로 보낸 천재인가 했습니다.

수저앉고 싶을 때, 미음이 심란하여 모두 스톱하고 싶을 때, 동료가 방향을 잃고 있을 때, 이은대 작가의 수업을 들으면서 힘을 낼 수 있었습니다. 돌아보니, 버텨온 세월만큼이나 그저 ‘고맙습니다.’라는 감탄사가 나를 바꿔 놓기도 했다는 사실을 깨닫게 해줬지요. 그의 카리스마는 삶의 끈을 단단하게 이어갈 수 있는 힘이 되었습니다. 책 쓰기 강의와 사람으로서 마땅히 지켜야 할 도리에 대해서도 강조하고 들려줍니다. 5년간 들으니까요, 이제는 내가 좋은 사람인가? 헷

갈리기도 합니다. 그래서 아예 '나는 괜찮은 사람이다.'라고 '척'하면서 살고 있습니다.

수업 시간에는 열정과 카리스마가 어우러져 사람의 마음을 한곳으로 모으고요. 오프라인에서는 사람들의 말을 조용히 귀 기울여 들어줍니다. 사람들이 안고 있는 문제를 해결해 주기 위해 수업 시간에 또 풀어내어 고민을 해결해 주기도 합니다. S 작가로부터 전화가 왔습니다. "김미예 작가님! 오랜만입니다. 세월이 그렇게 흘렀는데 변함없이 계시네요. 반가웠습니다. 물어볼 말이 있습니다. 똑같은 강의를 계속 듣는 이유가 도대체 뭡니까? 이젠 좀 지겨울 때도 되지 않았습니까? 남들이 뭐라고 하는지 아십니까?" 예전의 나라면 부르르 떨면서 반박하면서 씩씩거렸을 겁니다. 밟아줬다고 혼자 자랑스러워했을 텐데요. 일단 가만히 들었습니다. 상대가 잘 알지 못하기 때문에 그런 질문을 할 수도 있다는 생각을 먼저 하게 되었지요. '그렇구나, 그럴 수도 있지, 그래라 그래.' 질문에 잠시 생각해 봅니다. 나는 왜 지금까지 [자이언트 북 컨설팅] 이은대 작가의 수업을 들을까. 묘한 마력, 이은대 작가가 수강생들에게 했던 약속, 바닥에서 지금의 삶까지를 그대로 보여주었다는 사실. 이 모든 걸 빼고라도 내가 달라졌습니다. 무슨 걱정 근심이 많은지 인상을 쓰고 있었고요. 표정은 어두웠습니다. 뭔가 열심히 하는 것 같아 보이긴 했습니다만, 행동으로 움직이지 않았습니다. 그러면서도 수업에는 빠지지 않았습니다. 인정받고 싶고 칭찬받고 싶어 친절한 척하다가 이제는 이게 나의 본 모습인지 헷갈립니다. 아이들에게도 짜증 부리는 횟수가 줄어들었습니다. 남의 탓을 하기에 앞서 나는 잘하고 있는가, 돌아보고 반성합니다. 말하는 사람에서 들어주는 사람으로 바뀌었습니다. 뭐라고 딱 말하기는 그렇지만요. 이은대 작가의 가르침 덕분에 내 삶은 어제보다 나은 삶으로 변화했죠.

누군가 "이렇게 해야 하는 거 아닙니까?"라고 물으면 아! 그래요? 그럼 그렇게 하시지요. 이리저리 휘둘리며 갈팡질팡 갈피를 잡지 못하고 갈대처럼 흔들렸습니다. 지금은 내 생각과 의견을 말하기도 합니다.

오십, 인생의 시계를 놓고 볼 때 오후 5시 가을을 의미한다고 하는데요. 마음은 다시 봄을 살고 있다고 생각합니다. 아직 돌봐야 할 자녀가 초등학교 6학년입니다. 사람들이 말해요. 오십 넘어 그리 어린 딸이 있는데 언제 키워요. 힘들겠어요. 어쩌나. 쯧쯧쯧!

걱정하지 않습니다. 엄마보다 현명하고 똑똑합니다. 덕분에 나는 세상을 두 배로 살아내고 있습니다. 엄마로 살았다가, 온전히 나인 여자로도 변신했다가, 나처럼 뒤틀려 있던 사람에게 바뀐 나의 모습을 보여주면서 그들의 마음을 토닥여주는 작가로의 삶을 살기도 합니다.

봄을 좋아합니다. 3월에 태어났지요. 탄생화가 뭐라 했더라? 아 참. 수선화였지? 수선화의 꽃말이 재생, 새로운 시작, 창조라고 말하더군요. 얼추 맞는 것 같아요. 얼어붙었던 내 마음에도 봄이 왔으니까요. 2026년 1월. 오래도록 묵히고 있던 초고를 완성했습니다. 봄을 알리는 3월, 잠실 교보에서 저자 사인회가 예정되어 있습니다. 자이언트 인증 라이팅 코치이자 요약 독서법, 자기 계발 전문 강사로서 새로운 시작을 합니다. 아이디어, 기획 잘하지 못합니다. 그래서 스승인 이은대 작가 옆에서 꾸준하게 수업을 듣고 있습니다. 들으면서 다른 사람에게 도움이 될 콘텐츠를 생각해 냅니다. 경험해 나가는 과정에서 좋은 일도 시련도 있을 수 있겠지요. 그럼에도 불구하고 지난 5년 전처럼 멈추지는 않을 거라고 확신합니다. 왜요? 공부하고 노력하는 중입니다. 그동안 배운 것을 행동으로 옮기지 못해 성장하지 못했다는 걸 압니다. 이제는 나누고 싶다는 생각이 들었습니다.

도저히 수업을 들을 수 없는 상황에서도 수업을 들었고, 행사에 참여하기 어려운 날에도 어떻게 해서든 참여했습니다. 이제 나를 닮은 부족하지만 마음을 모아 쓴 책을 출간하게 되었습니다. 나와 같은 사람들이 쭈뼛거리지 않고 행동으로 움직여 자신 안의 가능성을 꺼내 놓기를 바라는 심정으로 썼습니다.

그동안의 기록하지 않았던 삶들이 아쉽습니다. 내 인생의 봄날에는 모두 기록으로 남기는 나를 상상해 봅니다. 찰나의 순간까지도 모조리 역사가 되게 만들려고 합니다. 사람들의 마음을 헤아려주는 동네 아줌마의 포근함처럼 말입니다. 사계절을 다섯 번 만나고 다시 봄을 대하는 심정으로!

'고맙습니다' 쓸 수 있어서 다행입니다.

"고맙습니다. 덕분입니다."

요즘 자주 하는 말입니다. 글로 쓸 수 있어 다행인 오늘입니다.

부족하고 서툴기만 했던 제자를 끝까지 믿고 기다려 준 내 인생의 귀인 이은대 작가 덕분에 여기까지 올 수 있었습니다. 고맙습니다.

집필하는 동안에는 미처 느끼지 못했습니다. 쓰는 행위가 얼마나 행복하고 감사한 일인지를요. 한 권의 책으로 독자를 만난다고 생각하니 이제야 심장이 세차게 뜁니다. 첫사랑을 만나러 가는 길처럼 설렙니다. '이런 투박한 문장으로 독자를 만나도 괜찮을까. 조금 더 수려하게 써야 하지 않을까. 나의 고백 같은 중얼거림이 누군가에게 도움이 될 수 있을까.' 이런 망설임이 꼬리에 꼬리를 물고 이어집니다. 하지만 중요한 것은 투박하더라도 독자의 가슴에 닿으려는 진심이라는 사실을 마지막 책장을 덮는 지금에서야 깨닫습니다.

더 늦지 않게 쓸 수 있어서 '다행'입니다. 내 이야기가 단한 사람에게만이라도 닿기를 바랄 뿐입니다. 또 지금의 삶보다 달라질 수 있다면 그보다 더 행복한 일은 없겠지요. '잘했어, 수고했어.'라고 스스로에게도 말해 줄 수 있으면 좋겠습니다.

사계절이 있어 행복했습니다. 그냥 묻힐 뻔했던 내 삶을 글로 남길 수 있어서 선물 같은 시간이었습니다. 지금 이 순간 글을 쓰는 작가로 살 수 있어서 감사합니다.

"여러분이 매일 조금씩이라도 글을 썼으면 좋겠습니다. 쓰기 싫은 날에도 간단하게 있었던 일, 느낀 점, 그래서 얻게 된 깨달은 점을 쓴다면 더 바랄 게 없겠습니다."

책 쓰기 수업 시간에 이은대 작가는 목에 핏대를 세워가며 제자들에게 당부합니다. 쓰지 않을 때는 마음에 와닿지 않았습니다. '그래! 쓰면 좋지. 근데 바빠서, 지금 하는 일이 있어서, 시간이 없어서.'라며 쓰지 않는 날이 많았습니다. 다 제쳐두고 '일기'만이라도 쓰면 좋겠습니다, 강조했지요. 그 이유를 이제야 조금 알겠습니다.

내 경험이 많았음에도 기억나지 않았습니다. 쓰지 않았기 때문입니다. 꾸준하게 일기라도 썼더라면 아마도 조금은 더 적나라하게 썼을지도 모르겠습니다. 아쉽습니다. 내 인생에서 일어나는 찰나의 순간은 기록하지 않으면 허공으로 날아가 버립니다. 후회해도 내게 다시 오진 않습니다. 나의 기록은 어제를 붙잡아두는 밧줄이 아니라, 오늘을 더 선명하게 살게 하는 나침반이었습니다. 스승이 했던 말을 내 아이에게 합니다.

"지효야! 엄마가 작가잖아. 우리 지효도 오늘을 기록으로 남겼으면 좋겠어. 그래야 지효가 나중에 이날 무슨 일이 있었지? 꺼내 볼 수 있게 말이야."라고 말해 줬습니다. 하지 않겠다고 하더라고요. 그러다가 지난해 12월, 둘째 언니가 엄마인 나와 함께 책을 썼습니다.

[주앤미 우베셀] 주관 엄마랑 아이랑 글 여행 공동 저서 『엄마와 나, 두 개의 서정시』 출간 계약을 하고 이번 2026년 1월 출간했습니다. 2월 5일 실물 책이 집에 도착했습니다. 택배 상자를 열고 책을 보여줬습니다. 젤 먼저 만져 보고는 작은 언니를 부릅니다.

"지유, 언니 너 책 왔더라. 근데 어쩌냐? 내가 먼저 봤다!

    사람들은 내게 웃는 모습이 예쁘다고 한다

책 표지 진짜 예쁘더라. 언니 넌 느낌이 어때?"라고 관심을
보이며 내게 물었습니다.

"근데 엄마, 글을 쓰면 뭐가 좋아?"

"궁금해? 글을 쓰면 말이야."

첫째, 오늘 나에게 무슨 일이 있었는지 돌아볼 수 있습니
다. 기록하지 않으면 하루만 지나도 내가 뭘 했었지? 한참을
생각해도 기억나지 않을 때가 많습니다. 그럴 때 기록한 걸
펼치면 한눈에 확인할 수 있습니다.

둘째, 나중에 내 삶을 책으로 출간할 수 있습니다. 이로 인
해 나와 같은 입장의 사람들에게 글로 도움을 줄 수 있습니
다. 작가는 독자의 삶에 좋은 영향을 주는 사람이니까요.

셋째, 글처럼 내 인생을 살아낼 수 있습니다. 글 따로 삶 따
로가 아닌, 그냥 '나'로서 살아갈 수 있는 기회가 됩니다. 이 밖
에도 글을 쓰면 좋은 점은 수백만 가지도 넘습니다. 오히려 쓰
지 않아 인생을 되는대로 살아갈 위험도 있다고 생각합니다.

내 딸이, 지금을 사는 사람들이 '오늘 하루' 무슨 일이 있었
는지 남겼으면 좋겠습니다. 불평불만 많던 내가 이 글을 쓰
면서 달라졌습니다. 화를 내는 일도 줄었습니다. 기다릴 줄

아는 사람이 되었습니다. 상대방을 이해할 수 있는 폭이 넓어졌습니다.

지금 보고 듣고 경험하는 모든 것을 다 기록으로 남길 수 없다면 오래도록 남기고 싶은 기억만이라도 표현했으면 좋겠습니다. 쓰니까 내가 바로바로 확인할 수 있어서 참 좋습니다.

챗지피티, 제미나이 같은 AI가 대세인데, 주문만 하면 뚝딱 만들어 주는데 굳이 손가락 아프게 쓴다고 무슨 의미가 있냐고 묻는 사람 있을 텐데요. 나는 이보다 더 부정적인 사람이었습니다. 그런데 배워야겠더라고요. AI 같은 첨단 기기가 우리 삶 깊숙이 들어올수록 내가 보고 듣고 경험한 것들은 인공지능이 따라 하지 못합니다. 내 감정까지 빼앗기지 않으려면요. 나의 하루를 기록으로 남기고 AI를 자유자재로 활용할 줄 알아야 합니다. 그런 사람이 지금을 현명하게 살아갈 수 있다고 생각합니다. '배우는 사람은 계속해서 성장할 수 있다.'라고 했습니다. "에이, 나이 오십에 뭘 그런 걸 해요? 귀찮아. 나중에요."라고 말하는 사람들이 있습니다. 나를 보는 것 같아 안타까웠습니다. 기본이라도 다룰 줄 알아야 시대에 뒤처지지 않는 어른이 됩니다. 그래야 인생 후배들에게 좋은 본보기를 남겨 줄 수 있습니다. '할 줄 알아야 온전히 누릴 수 있다.' 스마트폰 하나를 다루는 일에도 한계를 느낀다면, 자녀에게, 혹은 다음 세대에 전해줄 세상은 한정적일 수밖에 없겠지요. 무엇이든 배우고 익힐 때 우리 삶은 비로소 한결 수월하고 풍요로워집니다.

지극히 개인적인 삶의 조각들을 모아 한 권의 책에 담았습니다. 부끄러운 고백임에도 용기를 낸 이유는 하나입니다. 여전히 타인의 눈치를 보며 숨죽이고 있을 누군가에게 작은 곁을 내어주고 싶었기 때문입니다.

이제야 고백합니다. 내가 '나'라서 참 다행입니다. 완벽해서가 아니라, 부족한 모습 그대로를 기록할 수 있었기에 이 모든 과정이 축복이었음을 깨달았습니다. 책을 덮으며 '나도 꽤 괜찮은 인생을 살고 있구나'라고 고개 들 수 있다면, 그리고 당당하게 내일을 마주할 수 있다면 더 바랄 게 없겠습니다.

오십, 치열하게 살아온 나에게 건네는 다정한 칭찬은 '기록'이었습니다. 내 삶이 허공으로 흩어지기 전에 글로 남겨 여러분과 만날 수 있어서 참 다행입니다.

2026년 2월, 창가에 스민 햇살이 유난히 다정했던 날

작가 김미예

 사람들은 내게 웃는 모습이 예쁘다고 한다